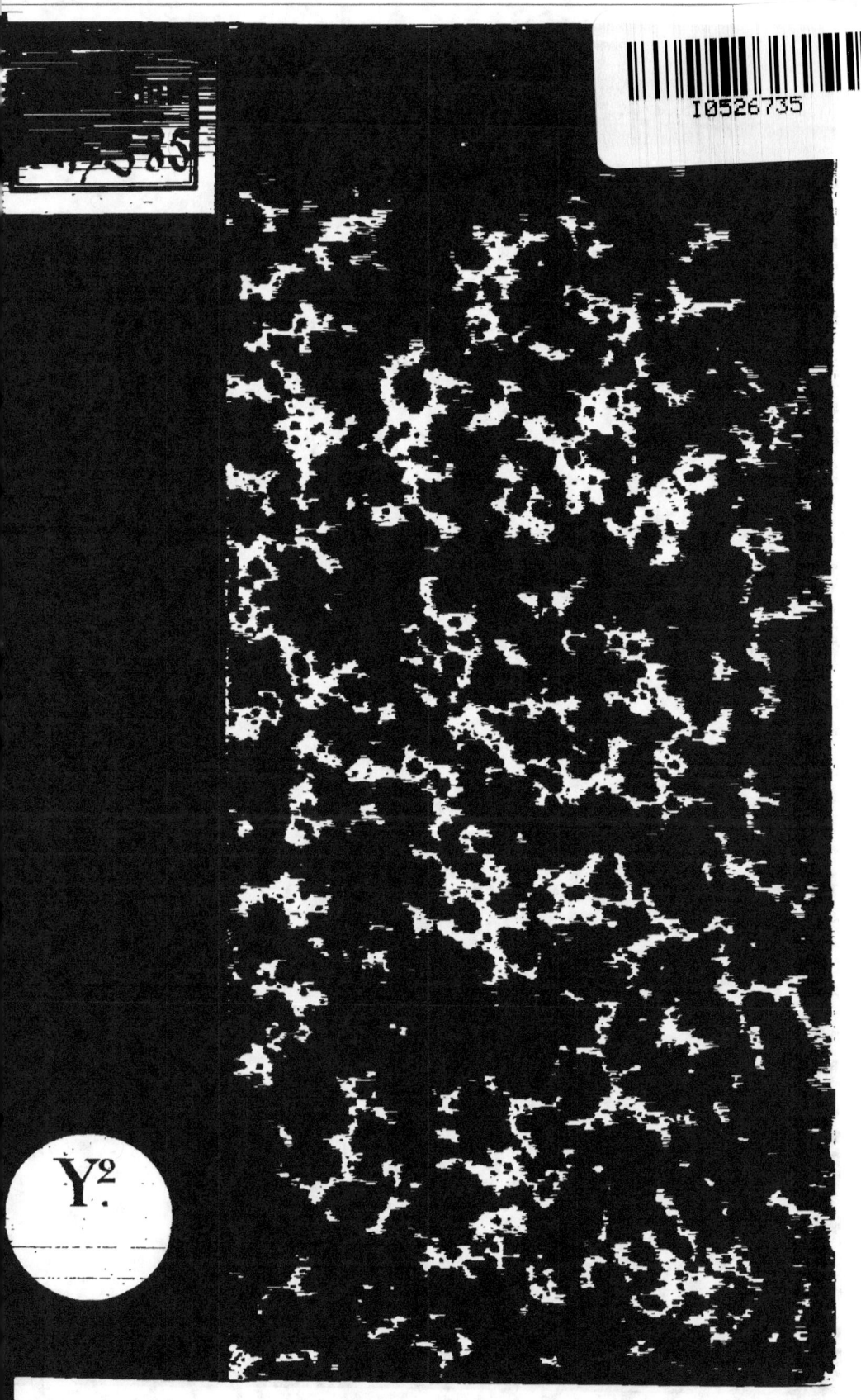

VOYAGE AÉRIEN

DE

BATAVIA à MARSEILLE,

FAIT

A l'aide d'une machine aérostatique
inventée et décrite

PAR

F. ELME BERNARD

de Ham (Somme.)

Souvent un chasseur mala-
droit fait lever un lièvre qui
est abattu par un tireur plus
adroit, habile

APT,

Typographie de J.-S. JEAN.

—

1857.

VOYAGE AÉRIEN

DE

BATAVIA à MARSEILLE

VOYAGE AÉRIEN

DE

BATAVIA A MARSEILLE,

Par St-Elme B......

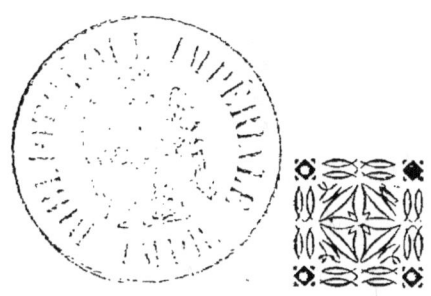

APT,

CHEZ J.-S. JEAN, IMPRIMEUR-LIBRAIRE,

1857.

PRÉFACE.

—

Trois voies naturelles sont données à l'homme pour visiter la planète qu'il habite : la terre l'eau et l'air ; ce globe, quoique d'une petite dimension, comparativement à tant d'autres dont il a su calculer le volume, n'est pas encore connu dans toutes ses parties, et, pourtant, que de siècles se sont écoulés depuis que l'homme existe ! Il s'est servi de la voie de terre dès l'origine de sa création ; il n'a employé celle de l'eau qu'un peu plus tard, et d'une manière restreinte jusqu'à l'invention de la boussole. A cette époque, le champ de ses explorations sur

les mers fut considérablement agrandi.
De nos jours, la vapeur appliquée à la
navigation et aux locomotives sur terre,
en abrégeant les distances, a multiplié
les voyages à l'infini. Cependant ces moyens de locomotion qui nous paraissent
presque à l'état de perfection, en sont
encore fort loin : l'emploi des machines
à vapeur, quelle que soit la surveillance
établie pour prévenir les accidents, n'en
reste pas moins un abime béant sous les
pas des voyageurs, et l'on ne peut se
défendre d'un frissonnant émoi, quand
on songe aux catastrophes qui peuvent
résulter du plus faible obstacle rencontré
sur une voie ferrée, ou même du simple
épaississement de l'huile dans le jeu d'une
soupape de sûreté. Ces dangers sont
plus nombreux encore sur l'eau que sur
terre, car les chaudières, souvent bal-
lotées par les vagues, surtout dans les
gros temps, laissent fréquemment des
parties chauffées à nu et cette circons-
tance, seule, peut déterminer une explosion; les générateurs, en outre, se char-

gent souvent d'une quantité considérable
d'électricité , laquelle ne trouvant pas,
toujours à temps , une issue naturelle,
fait, quelque fois, sauter tout un équi-
page; la majeure partie d'un convoi, si
c'est sur terre que le voyage a lieu, ou
bien encore une usine, avec tous ses ouvriers, s'il s'agit d'établissement à demeure. La force de l'électricité, peu étu-
diée jusqu'à présent , paraît infiniment
supérieure à celle de la vapeur, quelle
que comprimée qu'elle puisse être. Il
est présumable, cependant, qu'on saura
annihiler , avant peu , cette dernière
source de dangers ; mais, en attendant,
le volcan est toujours là prêt à abîmer les
pauvres humains. Si, à tous ces périls,
on ajoute les inconvénients graves qui
résultent des dépenses que nécessitent
l'établissement d'un chemin de fer, les
surfaces précieuses enlevées à l'agricul-
ture. la combustion immense du charbon,
l'impossibilité de visiter les mers polai-
res, celle d'arriver aux lieux d'une haute
altitude; les temps d'arrêt qui surgissent

à des époques indéterminées, par suite
des neiges, des éboulements ou d'inon-
dations fluviales et tant d'autres désa-
gréments; tout cela, disons-nous, fait
désirer avec ardeur de voir arriver le
temps où l'emploi du troisième moyen
de locomotion sera ouvert à l'industrie
humaine : nous voulons dire, l'exploration
complète de la surface du globe par la
voie aérienne.

On avait cru, pendant un moment,
avoir découvert ce moyen : l'exaltation
des esprits était à son comble; mais après
des expériences nombreuses qui, toutes,
restèrent sans succès, on s'est résigné à
ramper sur la surface du globe; seulement la vitesse du déplacement s'est ac-
crue à force d'argent, de bras et de temps:
on rabote cette surface dans les parties
les plus planes que l'on peut trouver et
sur des lignes dont on ne sait point s'é-
carter ; pour n'y pas rencontrer le plus
minime obstacle, on est obligé d'interdire
la traversée de ces interminables sillons,
qui deviennent, ainsi, des séparations

moins franchissables que ne le sont les plus grands fleuves. On place le long de ces lignes une armée de gardiens et de balayeurs pour qu'un grain de sable ne soit pas la cause de la mort d'un nombre considérable de personnes.

A voir l'admiration générale suscitée par l'emploi de la vapeur d'eau dans son application comme moyen de transport, on pourrait penser que là est la borne où doit s'arrêter le génie de l'homme; on le croirait d'autant mieux, qu'il semble que les essais pour conquérir l'atmosphère soient aujourd'hui complètement abandonnés. Cependant, en se reportant aux graves et nombreux inconvénients signalés, on ne peut s'empêcher de désirer mieux que ce qui existe. Il est à remarquer, du reste, que toutes les tentatives faites pour voguer dans l'air ont été presque calquées les unes sur les autres. De là, nécessairement, l'insuccès. Les avantages immenses, incalculables, que présenterait, pourtant, ce dernier mode de transport, méritent, ce nous semble, que

1*

les bons esprits s'en occupent avec plus d'ardeur et de persévérance qu'ils ne l'ont fait jusqu'ici.

Pour notre part, nous allons émettre nos idées qui ont paru rationnelles, même à des savants. Peut-être ne sont elles, en réalité, que des utopies; l'expérience, seule, les jugera comme il convient. Dans tous les cas, il est à espérer qu'elles auront l'avantage de mettre d'autres penseurs sur la bonne voie, car, souvent, un maladroit chasseur fait lever un lièvre qu'abat un plus habile : l'un et l'autre doivent avoir part à la reconnaissance gastronomique des estomacs qui en profitent, surtout si le gibier est bon et présenté à point.

Tout ouvrage doit tendre à amuser ou à instruire le lecteur. Il est des mortels, favorisés, qui réussissent à joindre ces deux termes; quant à nous, si nous atteignons l'un ou l'autre, nous nous estimerons fort heureux.

St-ELME B.

INTRODUCTION.

Jusqu'à présent les aérostats n'avaient servi qu'à faire des excursions dans l'air, à une plus ou moins grande hauteur, et à une courte distance. Blanchard et l'anglais Sadler avaient seuls franchi, l'un la Manche, large à Calais de 40 kilomètres, et l'autre le canal d'Irlande, entre Dublin et Holeshead, où le bras de mer a en cet endroit 160 kilomètres de traversée. L'infortuné Pilastre Desrosiers ayant perdu la vie dans la tentative d'une entreprise pareille à celle qui avait failli être si funeste à Blanchard, personne, depuis lors, n'osa plus tenter un voyage qui paraissait présenter de si grands dangers. Cependant si l'on considère qu'un

aérostat libre, lancé à Paris le 16 Dé-
cembre 1804, à onze heures du soir,
planait le lendemain, à 7 heures du matin,
sur la ville de Rome, c'est-à-dire qu'en
huit heures il avait fait onze cents kilomètres, ou trente-six lieues à l'heure,
alors que le moyen d'épurer les gaz et
de les rendre par là plus légers, n'était
pas connu; cette vitesse que nos meilleures locomotives actuelles, lancées à
toute vapeur, ne peuvent atteindre, devait
démontrer que la non réussite des voyages exécutés jusqu'à ce jour par les
moyens aérostatiques, ne provenait que
du vice des machines employées et qu'en
en fabricant de moins imparfaites, on
pouvait arriver à une grande amélioration
dans l'art de la navigation aérienne.

Voici les causes assez nombreuses qui,
jusqu'ici, ont empêché de tirer parti des
aérostats : on n'a pu se maintenir à une
certaine élévation dans l'air qu'en aban-
donnant une plus ou moins grande partie
du lest embarqué; par suite, la descente
ne pouvait avoir lieu qu'en lâchant du

gaz : l'ascension de l'aérostat dans un air raréfié faisant tendre avec excès l'étoffe, il y avait danger imminent d'explosion, si l'on voulait se maintenir à une certaine élévation, et pour descendre obligation forcée d'ouvrir la soupape de dégagement. Dès lors le voyage ascensionnel était arrêté, plus de possibilité de trouver dans les régions élevées les courants d'air utiles à la voie qu'on voulait suivre.

Bien des systèmes ont été proposés pour remédier à ces graves inconvénients; mais soit que l'exécution en fût mal dirigée, soit que ces systèmes fussent défectueux par eux-mêmes, toujours est-il qu'aucun voyage réel et utile n'a eu lieu depuis la découverte des Montgolfières. L'étoffe contenant le gaz, n'ayant point d'élasticité, étant même peu solide et presque toujours perméable, venait augmenter la somme des difficultés à vaincre. On ignorait, la plupart du temps, la route que l'on suivait, lorsque, par une cause quelconque, la terre n'était plus très visible. On ne pouvait changer de direc-

tion à volonté et, comme nous l'avons
dit, on ne s'abaissait et on ne s'élevait
qu'au moyen de perte de lest ou de gaz ,
ce qui, en très peu de temps, mettait les
voyageurs dans la nécessité d'interrom-
pre leur expérience ou d'arrêter leur
trajet. La vitesse de locomotion ne pouvait être appréciée que si un point fixe
sur terre pouvait être aperçu. On ne
savait point se maintenir à une hauteur
voulue. La navigation était presque toujours interrompue pendant la nuit. On
craignait les chûtes; on redoutait les ap-
proches de la terre. Les chocs imprévus
causaient presque toujours la perte des
navigateurs aériens : Pilastre Desrosiers,
à Calais; Mme Blanchard, à Paris; Zem-
beccari, à Bologne; Harris, à Londres,
Sadler, à Boston ; Olivari, à Orléans;
Morment, à Lille; Bittorf, à Manheim;
Emile Deschamps, à Nimes ; Georges
Gale, à Bordeaux et tant d'autres moins
connus, périrent par suite des imperfec-
tions que nous venons de signaler. On
ne se garantissait ni de l'humidité causée

par les vapeurs nuageuses, ni du froid
excessif qui règne dans les régions élevées. Si un ou deux aéronautes ont pu
passer une nuit dans leur nacelle, ce
n'est qu'en courant risque de perdre la
vie. Enfin les voyages aériens offraient si
peu de sécurité et l'art avait fait si peu
de progrès depuis sa naissance; les ré-
sultats avaient été d'une si faible utilité,
qu'on s'était habitué à renoncer à ce
mode de locomotion qui, à son début,
avait fait naître de si belles espérances.
Cependant des trois voies qui sont données à l'homme pour visiter son globe,
la voie de l'air a dû, de tout temps, lui
sembler la plus courte et la plus agréable;
son imagination active lui a fait faire bien
des rêves dorés à ce sujet; aussi a-t-il
cherché dès la plus haute antiquité à se
créer des aîles : l'ancienne fable de Dédale
est là pour nous en fournir la preuve.

Notre voyage est donc une véritable
conquête, c'est, pour ainsi dire, un trajet
électrique matérialisé que nous avons fait
et il est probable que, dans un temps

très prochain, ce mode de voyage à de longues distances, sera devenu usuel.

VOYAGE AÉRIEN

DE

BATAVIA A MARSEILLE,

Par St-Elme B......

Chapitre Ier.

Des affaires de famille m'avaient appelé à Batavia; j'eus la satisfaction de faire route avec un aimable compagnon, M. Emile Leperche, négociant et propriétaire à Libourne (Gironde), qui accompagnait un chargement à lui, de cet excellent vin de St-Emilion, dont il possède un des plus beaux et des meilleurs crûs.

On sait combien les Français sont liants et quelle est leur joie quand ils rencontrent des compatriotes en pays

2

étrangers. Bientôt il s'établit entre eux des rapports intimes, quand, surtout, il y a parité d'éducation et une certaine harmonie dans les goûts.

Nous fîmes connaissance à Batavia de deux français venus là, comme nous, pour des intérêts privés. C'étaient, l'un, M. E. Roche, propriétaire, à Tarascon (Bouches-du-Rhône), et l'autre M. Seymard, médecin et pharmacien à Apt (Vaucluse). Comme je suis né à Ham, département de la Somme, il semblait que nous nous étions donné rendez-vous à l'extrémité de l'Inde, pour représenter là, à nous quatre, les points cardinaux de la France. M. Roche, qui avait un très joli jardin où il cultivait beaucoup de fruits et de fleurs venus de France, m'envoya un jour des produits de sa culture avec la lettre que je transcris ici :

« Mon cher monsieur Bernard, éloi-
« gné de la mère patrie, j'ai pensé qu'il
« ne vous serait pas indifférent d'avoir à
« votre service quelques compatriotes
« bien dévouées. Je vous envoie donc une

« trentaine de fr^{ses} que j'ai fait élever
« avec le plus grand soin, dans une cam-
« pagne assez éloignée de la ville; elles
« ne mettent aujourd'hui le pied dans la
« cité que pour la première fois; elles
« sont de taille superbe, on peut même
« dire majestueuse , d'une fraîcheur
« sans égale et bien rebondies ; elles
« n'ont pas besoin de crinoline pour se
« créer des formes factices, les leurs
« sont parfaitement naturelles.

 « Je réponds de leurs qualités, de leur
« vertu ; elles sont aussi bonnes que
« belles; n'ayant connu jusqu'à présent
« que les deux ou trois femmes qui ont
« eu soin d'elles depuis leur naissance,
« elles s'attacheront à vous jusqu'à la
« mort; leur chair sera votre chair, leur
« sang sera votre sang. Ce sera pour
« vous une espèce de garde du corps
« entièrement dévouée. Ajoutez à cela
« que ces belles sont d'une bravoure à
« toute épreuve ; leurs pareilles n'ont
« jamais reculé, ni pâli, devant une bat-
« terie de trente-deux pièces prêtes à

« les écraser, au contraire; il semble
« qu'elles se fassent un plaisir de sacri-
« crifier leur vie au mortel heureux qui
« les possède; elles sont très tendres,
« quoiqu'un peu froides; c'est le seul
« défaut que je leur connaisse, si c'en
« est un, toutefois; d'ailleurs on corrige
« à volonté cette légère imperfection,
« en leur administrant un peu de cognac,
« de rhum, voire même du kirsch. Il
« est bien des hommes pourtant qui les
« aiment telles que la nature les a faites
« et qui augmentent encore leur froi-
« deur en leur fesant prendre des bains
« de lait ou de crême.

    « Pauvres compatriotes, comme elles
« sont aimables ! quelle bonté ! quelle
« sobriété ! Elles se contentent d'un peu
« d'eau pure pour leur boisson et de
« quelques débris de végétaux pour tou-
« te nourriture. Quoique assez sensibles
« au froid, elles campent en plein air et,
« cependant, comme je l'ai dit, elles sont
« d'une fraîcheur rare. Je vous avouerai,
« franchement, malgré toute l'amitié que

« je vous ai vouée, mon cher Bernard,
« que si je n'avais eu que ces belles fr^ses
« je n'aurais pu me déterminer à m'en
« séparer; meis j'en ai encore d'autres,
« outre les papas el le mamans, que je
« conserve avec soin; c'est ce qui expli-
« qué ma générosité, car vous savez
« que, malheureusement, chez l'homme,
« celle vertu n'a souvent d'autres source
« que l'abondance dans laquelle il se
« trouve.

« Quoiqu'il en soit, mon cher ami,
« malgré toutes les qualités de mes fr^ses,
« ne les épargnez pas; faites comme le
« dernier roi des grenouilles fesait de
« ses sujets; elles ne s'en plaindront pas;
« au contraire, vous vous en trouverez
« bien et il est probable qu'elles aussi
« prospèreront.

« Sur ce, je vous serre la main de
« tout cœur.

« E. ROCHE. »

Il est inutile de dire au lecteur que ces
belles compatriotes étaient d'énormes
fraises apportées de France dans l'Inde,

leur première patrie, peut-être, après avoir subi la bonne influence d'une éducation soignée.

Nos affaires étant terminées, nous brûlions d'envie de rentrer dans la mère-patrie, d'autant plus que le choléra sévissait à Batavia d'une manière effrayante. On sait, du reste, que ce terrible fléau est endémique à l'Inde; il est d'autant plus redoutable à Batavia, que l'air y est d'une insalubrité excessive. Les Européens obligés d'y demeurer ne dépassent guères la cinquantième année. Les naturels ne viennent pas vieux non plus, ils sont presque tous minés par des fièvres lentes qui les conduisent au tombeau avec un attachement que le bien devrait prendre pour modèle.

Notre ami, M. Seymard, ayant recherché la cause de ces fièvres, nous dit qu'il pensait l'avoir trouvée dans les amas de vases énormes qui encombrent les abords de l'île, et qui, séchant deux fois par jour sous les rayons ardents du soleil, sont deux fois recouvertes dans le même

espace de temps par les marées qui les
accroissent constamment. Ces boues laissent échapper, ajouta-t-il, des émanations
d'autant plus putrides qu'elles doivent
être saturées de débris de chairs humaines en décomposition, amenées là par le
flux et les courants des rives du Gange.
On sait que ce fleuve, sacré aux yeux des
Indous, reçoit presque tous les cadavres
des peuplades indiennes dont il arrose les
terres pendant tout son cours, qui est
d'environ trois mille deux cents kilomètres. C'est un bonheur pour une de ces
familles quand un de ses membres est
enlevé par ce fleuve; elles apportent sur
ses bords tous les êtres animés qu'une
maladie que'conque, un peu grave, a at-
teints. Le Gange, demi-dieu très humain,
ne tarde pas à les guérir radicalement.
Aussi tous les Docteurs du pays s'inti-
tulent-ils : fils du Gange.

Les mœurs assez dissolues des habitants viennent aussi en aide à la dépopu-
lation; voici, du reste, un aperçu de la
manière de vivre à Batavia : les Euro-

péens Hollandais ou étrangers de quelque rang qu'ils soient, vivent à peu près de la même manière ; ils se lèvent à cinq heures du matin, ou de meilleure heure même, c'est-à-dire lorsque le jour commence à poindre; ils portent sur le corps, et sans chemise, une légère robe de chambre appelée *kabay*; ils prennent le thé ou le café sur leur perron, s'habillent ensuite pour aller vaquer à leurs affaires, car tous ceux qui occupent quelque place doivent se trouver vers les huit heures à leur poste, où ils restent jusqu'à onze heures et demie. A midi l'on dîne et on fait la sieste jusqu'à quatre heures ; le travail est repris, ensuite, jusqu'à six. A six heures commencent les assemblées qui durent jusqu'à neuf heures, après quoi chacun s'en retourne chez soi. Ces sociétés sont assez gaies; mais les femmes ne s'y trouvent point avec les hommes; elles ont leurs coteries particulières.

Les hommes mariés ne s'occupent guère de leurs femmes et leur témoignent même peu d'égards. La plupart ne leur parlent jamais des affaires intéressantes de la société, de sorte qu'elles sont, après plusieurs années de mariage, aussi peu au courant du monde que le jour de leurs nôces.

Les hommes sont presque tous habillés en noir. Lorsqu'on se trouve dans une maison où l'on doit s'arrêter pendant une heure au moins, le maître invite son hôte à se mettre à son aise, ce que celui-ci fait en quittant son habit, sa cravate, et même sa perruque, s'il en porte.

Quand on sort à pied, on se fait suivre par un domestique porteur d'un parasol appelé *sambréel*, mais ceux qui sont au-dessous du rang de teneur de livres n'osent point se permettre ce genre qui, autrefois, était un privilège; ils se chargent eux-mêmes d'un petit parasol.

La plupart des femmes blanches de Batavia sont nées dans l'Inde; celles qui y arrivent à l'âge nubile sont en petit nombre; elles doivent la vie à des mères européennes ou à des esclaves qui ont épousé des blancs, car l'esclavage n'est

aboli que dans les possessions des européens. Les enfants qui proviennent de
ces unions sont faciles à reconnaître,
même jusqu'à la quatrième génération.
et plus; ils ont les yeux beaucoup plus
petits que ceux qui sont nés d'un père
et d'une mère d'Europe; la racine de
leurs ongles est pigmentée, c'est-à-dire.
qu'elle a un aspect noirâtre au lieu d'être
plus blanche que le reste de la partie
cornée.

Les filles sont, en général, nubiles à
douze ou treize ans et il est rare qu'on
ne les marie pas à cet âge, pour peu
qu'elles soient jolies ou qu'elles aient de
la fortune. Aussi ignorent-elles complètement ce qui est nécessaire pour bien
gouverner une maison; beaucoup même
ne savent ni lire, ni écrire. A trente ans
elles sont comptées parmi les femmes
âgées. Les françaises, à cinquante ans,
sont plus fraîches que ne le sont à trente
les femmes de Batavia; en général ces
dernières sont sveltes et blanches; mais
d'une blancheur mâte, sans aucun fraî-

cheur. Au reste, il n'y a pas là de femmes
que l'on puisse appeler belles; la plus
jolie serait regardée, tout au plus, comme
passable chez nous; elles ont les articu-
lations fort flexibles, ce qui leur permet
de prendre des positions qui nous paraissent très hasardées et hors nature.

C'est sans doute au grand nombre de
serviteurs des deux sexes, autrefois esclaves, que les femmes de Batavia ont à
leur service, qu'il faut attribuer le carac-
tère indolent et paresseux qu'elles ont
généralement. Elles se lèvent vers huit
heures du matin et passent toute la ma-
tinée à jouer et à rire avec leurs servan-
tes, qu'elles punissent ensuite d'une
manière très sévère pour la moindre
faute; elles restent assises, légèrement
vêtues, soit sur un canapé, soit sur une
chaise basse, ou même par terre, les
jambes croisées sous le corps. Pendant ce
temps elles mâchent du bétel que les
femmes de l'Inde aiment avec passion.
Cette mastication donne à leur salive une
teinte rouge comme du sang, et, par

suite, leurs lèvres et leurs dents deviennent noires, d'autant plus qu'un certain
nombre d'entre elles mâchent aussi du
tabac de Java.

La chaleur du climat, les suites de la
vie déréglée des hommes, avant leur mariage, font que les femmes de Batavia ne
sont pas toutes des modèles d'épouses.

Les mariages se font toujours le dimanche; mais la nouvelle mariée ne doit
sortir de chez elle que le mercredi au
soir, après avoir assisté au service divin:
celle qui se montrerait en public avant
ce temps, manquerait aux règles de la
bienséance.

A peine une veuve a-t-elle fait mettre
en terre le corps de celui qui fut son
mari, qu'elle se voit entourée d'un grand
nombre d'adorateurs, pour peu qu'elle
ait, d'ailleurs, de fortune.

Pendant notre séjour à Batavia, une
femme qui venait de perdre son mari,
avait eu, au bout de quatre semaines, son
quatrième prétendant en titre, et, trois
mois après, elle se remariait. Il est même

probable qu'elle l'eût fait plus tôt si la
loi ne l'en eût empêchée. Toutes vont la
tête nue; leurs cheveux, d'un noir de
jais, sont retroussés sur la tête en forme
de bourrelet et tenus avec des épingles
d'or garnies de diamants; elles les rendent luisants et lisses en les frottant avec
de l'huile de noix de coco.

Quand une dame sort, elle est ordi-
nairement suivie de quatre femmes de
son service, dont une est chargée de sa
boîte au bétel. Ces domestiques sont ri-
chement habillées en étoffes d'or et d'argent. Le luxe, en cela, est extraordinaire.

Les hommes ne sont point admis dans
la société des femmes, si ce n'est aux
nôces.

Il y a beaucoup de voitures de luxe à
Batavia, elles sont précédées presque
toutes d'un jeune homme qui porte un
bâton à la main, afin de prévenir les accidents qui pourraient arriver, d'autant
plus que les rues n'étant pas pavées, on
n'entend guère le roulement des véhi-
cules.

Les rues sont parfaitement alignées, toutes sont tirées au cordeau, avec des allées d'arbres et il existe un grand nombre de canaux dans la ville, ce qui en fait une seconde Vénise; mais, pourtant, il y a très peu de barques et encore moins de gondoles.

Les édifices publics y sont fort beaux. Le luxe des tables y est poussé à l'excès; mais le théâtre y est fort peu suivi et manque souvent d'artistes. En somme, pour les hommes qui n'aiment point le jeu, ni les intrigues, et qui s'occupent d'art, la vie y est d'une monotonie sans égale. Aussi nous commencions à nous ennuyer mortellement, et pour comble de fatalité, aucun vaisseau dans le port pouvant prendre des passagers, soit pour l'Amérique, soit pour l'Europe. La situation devenait critique. Il mourait par jour environ cinquante personnes. Les médecins du pays succombaient comme le commun des mortels. Quelques cures remarquables s'opéraient, cependant, de temps à autre; mais elles n'étaient pas suivies avec cette attention, ce soin d'observation qui caractérisent nos docteurs. Il y a à Batavia des médecins des deux sexes qui, par la connaissance qu'ils possèdent de certaines herbes que produit l'île, opèrent des guérisons surprenantes; ils n'ont cependant aucune notion de l'anatomie humaine et pourtant ils sont plus recherchés par les Hollandais qui habitent Batavia que les docteurs qui ont fait leurs études en Europe; ils ne négligent jamais dans toutes leurs opérations de frotter fortement la partie affectée avec deux doigts de la main droite, qu'ils pressent avec celle de gauche, en les portant de haut en bas, après avoir oint la partie malade avec un certain bois réduit en poudre et détrempé dans de l'eau et de l'huile.

La population est composée d'Européens, d'Orientaux et d'Indiens dont un grand nombre de Chinois; aussi les religions sont-elles diverses, ainsi que les codes qui régissent ces différentes variétés de l'espèce humaine.

Parmi les Européens, la religion chré-
tienne schismatique de Calvin domine.
Toutefois, nous pouvons dire, avec satisfaction, qu'une église catholique a été
érigée, il y a peu de temps, il est vrai,
mais que le nombre des fidèles va croissant et, ce qui est le plus à la louange du
bon pasteur qui a le soin de ces âmes,
c'est que les mœurs des catholiques sont
infiniment meilleures que celles des dis-
sidents.

Deux évènements affreux vinrent encore ajouter à notre extrême envie de
partir.

Le premier, fut l'exécution par le pal
d'un Madécasse qui avait assassiné son
maitre. Comme la plupart de nos lecteurs
ne connaissent pas ce genre de supplice,
nous croyons les intéresser en leur fesant le récit de cette terrible exécution.

On commença par coucher le criminel
à plat ventre, et pendant que quatre hommes le tenaient fortement, le Bourreau
lui fit une incision cruciale au bas des
reins, jusqu'à l'os sacrum, puis, par cette

ouverture, il fourra une broche de fer poli
d'environ deux mètres de long, de manière qu'elle passait entre l'épine du dos
et la peau. Deux vigoureux aides de
l'exécuteur poussèrent cette broche avec
force jusqu'à ce qu'elle sortît entre les
deux épaules, à la naissance du cou. Après
quoi on riva solidement cette broche à
un pieu qui fut fixé ensuite en terre. Au
sommet du pieu, à trois mètres du sol,
était une tablette sur laquelle le corps
du patient reposait, les jambes pendantes.
Le malheureux ne jetta pas un cri pendant cet atroce supplice, si ce n'est lorsqu'on riva le pal et qu'on le dressa pour
le fixer en terre. Il dut attendre la mort
dans cette position; une soif ardente le
dévorait, ce qui est particulier à ce genre
de supplice; outre qu'il était exposé aux
rayons d'un soleil brûlant, il était rongé
par des myriades d'insectes. Une petite
pluie qui tomba le lendemain, pendant
une heure, mit fin à ses souffrances. Peu
de temps avant sa mort, nous l'avions vu
parlant tranquillement avec les specta-

teurs. Il leur racontait la manière dont il avait assassiné son bon maître.

Il paraît que ce qui rend cette mort si terrible, c'est qu'on n'attaque aucune des parties vitales de l'individu.

On a vu à Batavia des criminels qui, dans la saison sèche, sont restés ainsi empalés pendant huit jours, et plus même, sans prendre aucune nourriture. La garde empêche qu'il n'en soit donné au patient; mais si la moindre pluie vient à humecter les plaies, la gangrène se déclare immédiatement et la mort arrive peu après.

Quoique l'affreux spectacle que nous venons de décrire nous eût fortement affectés, le second des deux évènements précités nous impressionna d'une manière bien plus saisissante encore; elle était bien faite, on en jugera, pour donner la nostalgie à des Français.

———

Chapitre II.

—

Batavia est un des grands entrepôts
des marchandises d'Europe et des matières premières que fournit l'Inde.

Parmi les Javanais, les Orientaux et
les Chinois, qui composent la majeure
partie des habitants de l'île de Java, il en
est qui font un usage immodéré d'opium.
Cette substance agit d'une manière extraordinaire sur le cerveau de l'homme; ils
font aussi avec d'autres ingrédients une

préparation qu'ils tiennent secrète **et** qui leur procure une ivresse qui va jusqu'à la folie furieuse. Ceux qui sont sous l'empire de cette ivresse sont appelés *amok-spuwers*, parce qu'ils ont continuellement à la bouche ce mot *amok* qui veut dire : **tuer**.

Un soir que nous étions dans la longue et belle rue des Jonkers, nous vîmes toutes les portes des maisons se fermer spontanément, comme par l'effet d'un ouragan ou d'une commotion électrique, et un grand nombre de personnes accourir vers nous en criant à l'*amok-spuwers*. Comme nous avions entendu parler d'évènements affreusement tragiques causés par ces foux furieux, nous nous empressâmes aussi de nous mettre à l'abri de toute atteinte, car nous étions sans armes et rien ne peut arrêter la rage de ces brutes, qui sont pires que des bêtes féroces; ils se jettent à corps perdu sur les armes qu'on dirige sur eux, sans paraître éprouver la moindre souffrance et l'on en a vu quoique traversés de part en part, au milieu de la poitrine, tuer encore les personnes qui voulaient arrêter leurs forfaits.

La loi autorise à tirer sur ces misérables comme sur des tigres enragés.

Un nabab qui était accouru avec un fusil double, chargé précipitamment, sans doute, et, peut-être, outre mesure, abattit l'amok d'un coup de feu dans la tête; mais le nabab avait, à ce qu'il paraît, lâché les deux détentes à la fois, car on n'entendit qu'une seule détonation, et le canon gauche de son fusil ayant éclaté un peu au-dessus de la chambre, il eût toute la main de ce côté emportée.

On sait que le titre de nabab désignait, autrefois, dans l'Inde, un personnage éminent, investi du gouvernement d'une province, ou commandant un corps d'armée. Aujourd'hui, par extension, on donne aussi ce nom aux négociants retirés qui ont amassé d'immenses richesses. Celui-ci, nommé Stravorinus, était un hollandais qui avait été chef d'escadre, s'était fait négociant et avait quitté le commerce pour jouir à loisir de sa belle fortune. Il ne voulut point avoir affaire aux seuls empiriques de l'endroit; nous connaissant et ayant appris que nous étions dans une maison près de la sienne, il nous fit prier de venir le trouver afin de diriger l'amputation des restes de sa main gauche.

Ce riche seigneur, possesseur de plusieurs centaines de millions, était d'autant plus affecté de son accident, qu'il était sur le point d'épouser une fille du roi de Bantam, charmante jeune personne qu'il craignait probablement de perdre, si elle venait à le savoir mutilé.

A l'inspection de la blessure, nous reconnûmes que la main était entièrement perdue : toutes les phalanges étaient disparues, ainsi que le métacarpe et la majeure partie du carpe. L'extenseur commun des doigts et le fléchissur sublime étaient les deux seuls tendons qui présentassent encore quelque longueur.

Nous fimes opérer la désarticulation

des restes du carpe qui, d'ailleurs, étaient offensés.

Les ligatures des veines et des artères étant faites, la peau fut rabattue sur la plaie, en laissant, toutefois, un passage aux tendons que nous conservâmes.

L'opération achevée, le nabab qui avait gardé sa connaissance, quoique ayant perdu beaucoup de sang, se trouva fort soulagé et nous demanda s'il pouvait espérer sa guérison avant trois mois et pouvoir cacher sa difformité à des yeux intéressés à la découvrir.

Nous lui donnâmes l'assurance que, non seulement il serait parfaitement guéri avant deux mois; mais encore que nous lui rendrions une main aussi habile que celle qu'il avait perdue, et qu'il faudrait une vérification approfondie pour parvenir à reconnaître la substitution.

Cette promesse faite avec assurance et conviction, causa le meilleur effet sur l'esprit du nabab, qui voulut nous presser sur son cœur, et, dans sa reconnaissance, nous promit de mettre à notre disposition toute sa fortune et tout son personnel, composé d'artistes distingués en tous genres, si nous parvenions à lui donner une main factice qui put suppléer celle qu'il venait de perdre.

Chapitre III.

—

La main du Nabab Stravorinus est rem-
placée de manière à ne lui laisser
aucun regret de celle qu'il a perdue.

—

Chacun connait les effets extraordinaires du magnétisme animal : les clefs, les
chaises et les tables tournantes, devi-
santes, supputantes, etc., ne sont qu'une
des mille formes dont se revêt cet
agent mystérieux. Cependant , per-

3*

sonne, que nous sachions, n'avait encore eu l'idée de tirer partie du magnétisme en l'appliquant à l'art chirurgical.
Nous fûmes conduits à le faire par ce
raisonnement : Puisque ce puissant agent
communique, non seulement nos impressions, mais encore des pensées directes
à la matière inerte, mise en communication avec les mains , nécessairement
doit-il agir avec plus de vigueur étant en
contact avec les muscles à nu. Partant de
là, nous fîmes exécuter, par des artistes
habiles, mis à notre service, le squelette
en ivoire d'une main de dimension semblable à celle perdue par notre nabab. Les
os, parfaitement imités sur nature, furent
joints entre eux par des liens d'or très
souples. Des tendons, provenant d'animaux, furent adaptés aux extrémités in-
térieures et extérieures des phalanges et
insérés dans de petits tubes en caout-
chouc, retenus par des gaines et des liga-
ments de même substance. La gutta-
percha remplaçait les parties musculeuses
charnues de manière à laisser les mou-

vements de flexion libres et faciles. Une
façon de gant en caout-chouc, couleur de
chair, ayant des ongles en écaille rosée,
recouvrait le tout, et donnait à ce mécanisme, l'apparence d'une main vivante.

La plaie du nabab étant parfaitement
guérie, nous allâmes le trouver, deux
mois après son accident. Nous attachâ-
mes, avec des fils de soie, les parties
conservées du grand extenseur commun
et de l'abducteur sublime, aux tendons
correspondants de notre main artificielle.
Le contact avec l'avant-bras fut maintenu
à l'aide de ligatures solides en caout-
chouc, et celles-ci furent recouvertes
d'une gaine de pareille matière. Le vête-
ment arrivant jusqu'au poignet ne laissait
voir aucun raccord insolite.

L'opération de la jonction de la main
avec l'avant-bras étant terminée, nous
fîmes faire la chaîne à une vingtaine de
jeunes gens et de jeunes personnes, tous
sujets éminemment magnétiques; le nabab formait le dernier anneau, le bras
gauche libre et étendu.

Le fluide magnétique retenu par le gant en caout-chouc, non conducteur, abonda dans cette partie et fut contraint d'y demeurer, la chaîne une fois rompue. Alors la volonté du nabab s'exerçant sur la partie inerte, mais parfaitement articulée, rapportée à l'extrémité de son bras, il lui fit exécuter tous les mouvements qu'opérait autrefois sa main gauche.

Pendant un instant nous craignîmes que notre nabab n'échappât à un petit malheur pour tomber dans un bien plus grand. L'exaltation de sa joie était telle qu'il faillit en perdre la raison. Il est vrai de dire que la réussite avait dépassé toutes les espérances et que nous sommes encore à nous demander si c'est bien au magnétisme ou à la force des muscles rattachés aux tendons de notre main mécanique, que nous avons dû ce surprenant et magnifique résultat.

Pour nous témoigner sa reconnaissance, le nabab nous fit des offres considérables d'argent; mais ces sommes fa-

buleuses ne nous eussent point donné ce
que nous souhaitions tant : notre retour
en France. A quoi nous eussent servi des
millions, avec la perspective de les laisser
avec nos os à Batavia, dans un temps fort
peu éloigné? En le remerciant, nous lui
fîmes part de nos craintes et de nos désirs. Fortement peiné de notre refus, ce
noble seigneur nous offrit alors de nous
faire construire un beau navire à voile ou
à vapeur et de le munir de tout ce qui
pouvait nous être utile et agréable. Nous
lui fîmes observer que cette offre, vrai-
ment digne d'émaner d'un souverain, ne
pouvait encore remplir nos désirs, puis-
qu'il faudrait près d'une année pour me-
ner à fin une pareille entreprise; que,
d'ailleurs, d'ici là, il y aurait, probablement, à Batavia, des navires en partance
pour l'Europe et que nous pourrions en
profiter. Ces raisons, évidemment justes,
l'attristèrent beaucoup. Ce que voyant,
notre ami M. Leperche s'écria : « Puis-
« que le seigneur Stravorinus a eu la
« généreuse idée de nous offrir de faire

« construire un vaisseau exprès pour
« nous, ce qui lui eût coûté une somme
« considérable, pourquoi ne prendrions-
« nous pas la voie d'air, celle des mers
« ne nous étant pas ouverte en ce mo-
« ment. Avec un navire aérien nous se-
« rions, d'ailleurs, bien plus tôt rendus
« dans notre chère France. Dressons un
« plan; que chacun de nous fournisse ses
« idées et nous serons bientôt en mesure
« de faire exécuter ce qui n'a point en-
« core été vu. »

Cette idée fut un trait de lumière pour
nous ; elle fut accueillie par acclamation
et le généreux nabab nous dit : « Je re-
« grette beaucoup que vous preniez une
« détermination aussi périlleuse; mais,
« après tout, vous venez de me prouver
« une fois de plus, Messieurs, qu'il n'est
« rien d'impossible aux Français (1).
« Faites votre plan et je mets dès à pré-
« sent à votre disposition tout ce dont
« vous aurez besoin : ingénieurs, méca-

(1) La nouvelle de la prise de Sébastopol, qu'on
avait dit irréductible, venait d'arriver à Batavia.

« niciens, ouvriers de toutes sortes,
« matériaux et métaux de toute nature.
« Tout, je le répète, vous sera donné
« sans contrôle, hors celui du bon choix
« des matières. »

Nous acceptâmes cette offre avec une vive reconnaissance et remerciâmes le nabab, comme il devait l'être, d'une pareille générosité.

Chapitre IV.

—

Le plan de la machine aérienne est arrêté.—Description de l'hévé et autres arbres et plantes donnant le caoutchouc.

—

Pendant la nuit suivante nous arrêtâmes, de concert, le plan d'une machine aérostatique. Toutes nos facultés furent absorbées. dès-lors, par les soins qu'exigeait notre navire aérien, et Batavia ne nous donna plus lieu à observations.

Notre nabab, quoique retiré des affaires, possédait encore d'immenses magasins remplis de tout ce que produisent d'utile les cinq parties du monde. Il s'y trouvait, entre autres matières, des quantités considérables d'acier de première qualité, des soies de Chine en abondance, des masses de caout-chouc, enfin de tout ce dont nous avions besoin pour donner un corps à notre idée.

Comme le caout-chouc joue un très grand rôle dans la confection de notre machine, avant de faire la description de celle-ci, on nous saura, peut-être, gré de donner des détails exacts sur cette singulière production de la nature, qui parait avoir été créée spécialement pour l'homme; aucun autre être vivant ne se l'étant encore appropriée.

On sait que le caout-chouc est une gomme résineuse, blanche comme du lait, qui s'épaissit à l'air et sort d'incisions faites à l'arbre *héré* (hevea guiana) de l'Amérique méridionale. Cet arbre, très droit, atteint la hauteur de vingt mè-

4

tres et ne porte de branches qu'à son
sommet; celles-ci forment un bouquet et
s'étendent dans tous les sens. Les feuilles
ne garnissent guères que l'extrémité des
rameaux; elles sont composées de trois
folioles dont le pétiole commun est légèrement creusé en gouttière; ces feuilles sont épaisses, ovales et ont les deux
surfaces lisses ; mais la supérieure est
verte et l'inférieure cendrée. Il existe une
variété de la même espèce dont les feuilles sont plus minces, moins larges, de
forme lancéolée et pointues.

L'hévé croit naturellement dans les
forêts de la Guiane et au Brésil. La province des émérandes (d'Esméraldas) au
nord de Quito, en produit un grand nombre. Il en existe aussi beaucoup le long
des bords de la rivière des Amazones.

Dans la colonie du Para, les indigènes
fabriquent avec le caout-chouc des bou-
teilles qui, étant pressées, lancent au
loin le liquide qu'on y a introduit ; aussi
les Portugais donnent-ils le nom de *pao
di xiringa* (bois de seringue ou seringat)

à l'arbre qui fournit cette gomme résine,
lequel produit des amandes qui, étant
pilées et bouillies dans de l'eau, donnent
une huile épaisse, ressemblant à de la
graisse. Les Indiens s'en servent pour
préparer leurs aliments.

Le suc résineux de l'hévé peut être
recueilli en tout temps; mais la saison
des pluies est la plus favorable pour le
ramasser. Les aborigènes qui le recueil-
lent commencent par laver le tronc de
l'arbre à un mètre au dessus de terre
jusqu'à la hauteur totale de près de trois
mètres; ils attachent ensuite une liane
autour de ce tronc, à l'endroit où ils ont
commencé à le laver; une rigole est pra-
tiquée au moyen d'une terre argileuse;
des incisions sont faites à l'arbre dans la
partie lavée et le suc qui en découle est
conduit par la rigole et une feuille de
palmier dans une calebasse qui sert de
récipient. L'Indien donne à ce suc une
préparation dont il fait un secret, le noircit à la fumée de quelques branches ver-
tes auxquelles il met le feu, ensuite il le

coule dans des moules en terre, faits
exprès, et, en se desséchant, ce suc épaissi, devenu solide, prend la forme du
moule qui l'a reçu. Cette forme ordi-
nairement sphérique ou légèrement o-
blongue, nous fesait croire, quand nous
étions enfants, que cette gomme résine
était une tout autre substance que celle
que l'on nous disait être.

Le suc de l'hévé ramassé à la manière
des sauvages et épaissi par la seule éva-
poration, mais non préparé à leur façon,
ne devient qu'une substance transparente
légèrement teintée en jaune et semblable
à la cire par quelques unes de ses pro-
priétés; elle se ramollit, comme elle, à
la chaleur.

Il y a d'autres variétés de gommes
élastiques produites par le jaquier à
feuilles entières, par le figuier d'Inde et
surtout par l'urcéole, plante ligneuse
et sarmenteuse qui s'élève à une très
grande hauteur sur les arbres; elle est
originaire d'Asie. Les Chinois emploient
cette gomme élastique à un grand nom-

bre d'usages analogues à ceux qu'a en
Europe le caout-chouc Américain. On
connait tout le parti qu'on en a su tirer
dans ces derniers temps.

Chapitre V.

—

Description de notre navire aérien.

—

Nous eûmes pendant cinquante jours plus de soixante ouvriers constamment occupés à la confection des diverses parties de notre aérostat. Enfin au bout de ce temps, il fut achevé, à notre grande satisfaction, suivant les plans et dessins que nous avions tracés.

En voici la description :

Quatre ballons de forme ovoïde ayant vingt-deux mètres de hauteur et dix de diamètre, étaient fortement attachés les uns aux autres et ne formaient qu'un faisceau; ils étaient confectionnés avec du caout-chouc vulcanisé, taillés en lames minces, soudées bout à bout. L'épaisseur des lames était d'un millimètre et demi à la pression atmosphérique. Chacun de ces ballons rempli de gaz hydrogène épuré, était recouvert, dans toutes ses parties, par un filet en caout-chouc étiré et à mailles serrées. Un second filet en cordelettes de soie de un millimètre de diamètre, à mailles plus larges, descendait jusqu'à la moitié, environ, du ballon. Les cordelettes, de chacune des mailles, pendaient le long de ses flancs, en passant par de nombreux petits anneaux, aussi en caout-chouc, solidement attachés au premier filet et disposés circulairement par étages, jusqu'au bas. En sorte que ces cordes de soie suivaient tous les contours de chaque aérostat, le dépassaient de beaucoup en longueur, et,

se réunissant en cable, venaient s'enrou-
ler sur un cabestan placé à chaque angle
d'une chambre située immédiatement
sous les ballons. Cette chambre, large
de dix mètres au carré, avait deux mètres dix centimètres d'élévation ; ses
parois, faites en treillis de fil de fer,
étaient recouvertes extérieurement de
lames de caout-chouc soudées les unes
aux autres. Une fenêtre vitrée et une porte
parfaitement closes étaient pratiquées
dans chaque face de cet appartement. Les
angles étaient formés de barres d'acier
trempé en ressort, formant arcs-boutants
au-dessus. Dans chacun de ces arcs-boutants, ayant forme d'œillet, était logé
chaque ballon fortement amarré au sommet du cintre. — Sous la chambre était
un navire construit de la même façon,
en treillis de fil de fer et en caout-chouc.
La quille et les membrures étaient en
acier trempé. Une dissolution de caout-
chouc recouvrait tout ce qui était en fer
ou acier. Les barres d'acier qui formaient
les angles de la chambre, outre le pro-

longement qu'elles avaient au dessus,
dépassaient de deux décimètres la quille
du vaisseau, lequel avait seize mètres de
longueur et dix de largeur.

Chaque bout de ce navire avait l'aspect
d'un avant de bâtiment destiné à naviguer
sur mer. Seulement un large gouvernail
y était adapté. Un pareil moteur était
fixé sur chacun des côtés de la chambre
parallèles aux flancs du navire.

Une galerie régnait sur le pourtour
de l'appartement et permettait au timonier de quart de faire usage de ces espèces
de nageoires qui pouvaient être fortement
maintenues contre les parois de la machine quand elles étaient inutiles.

Les gouvernails étaient faits en treillis
de fil de fer, revêtus de caout-chouc et
entourés d'une forte tringle d'acier. Par
leur moyen on pouvait, à volonté, tour-
ner au vent la face du bâtiment que l'on
jugeait nécessaire de lui présenter, sans
être obligé de virer de bord, alors même
qu'il eût changé brusquement du nord
au sud ou de l'est à l'ouest.

Deux tubes en verre, d'un diamètre
de dix centimètres, régnaient horizontalement sur chacun des côtés intérieurs
de la chambre; deux autres tubes, pareils,
étaient placés verticalement. Tous servaient à indiquer la marche du bâtiment,
soit qu'il allât en avant, en arrière, en
montant ou en descendant; ils nous fesaient connaître la vitesse de cette marche
et le nombre de mètres que nous avions
parcourus en tout sens : un volant était
placé au milieu de chacun de ces tubes
et ne pouvait agir qu'ayant le vent d'un
seul côté. Un cordonnet de soie de dix
mètres de long s'enroulait autour de l'axe
du volant et quand ce fil était pelotonné,
une légère tension fesait décrocher un
mécanisme d'horlogerie qui retirait à lui
le cordonnet avec promptitude, et l'enroulait autour d'une bobine. Chaque dé-
crochement imprimait une marche à trois
aiguilles d'un compteur, lesquelles marquaient sur un cadran, l'une, sur une
première zone circulaire, les décamètres,
jusqu'à mille; la sconde, les kilomètres

jusqu'à mille; et la troisième les myria-
mètres, également jusqu'à mille; en sorte
que, sur ce cadran, on pouvait lire jusqu'à onze mille dix kilomètres ou deux
mille sept cent cinquante-deux lieues terrestres de quatre kilomètres l'une.

Chaque tube était muni d'un pareil
compteur, ce qui permettait de connaître,
presqu'au juste, l'avancement réel du bâtiment vers le point qu'on se proposait
d'atteindre, en soustrayant la somme du
recul de celle de la marche en avant.

Quatre pompes aspirantes pouvant
fonctionner à l'intérieur et prenant leur
aspiration au dehors, pouvaient doubler
la masse d'air que l'on prenait au départ,
tant dans le navire que dans la chambre
carrée, ce qui équivalait à une prise de
lest de quatorze cents kilogrammes. De
plus, par un changement facile à opérer
dans le mécanisme de ces pompes, on
pouvait en faire des espèces de machines
pneumatiques, qui, au besoin, raréfiaient
considérablement l'air contenu dans toute
la machine, fermée presque hermétique-

ment, et l'allégeaient, ainsi, d'un poids
assez considérable.

Un escalier permettait de monter sur
le pont, c'est-à-dire sur la partie supérieure de la chambre, laquelle était entourée d'une balustrade, afin qu'on ne fut
pas exposé à être enlevé par une bourrasque, lorsqu'on était sur cette partie
de la machine. On pouvait ainsi visiter
avec toute sécurité les aérostats pour les
réparer en cas d'avarie.

Une voile en soie, enroulée autour
d'une tige de fer, était attachée au sommet des ballons et, en se déroulant, pouvait servir à en activer la marche.

Une girouette dominait le tout : quatre
forts fils de fer galvanisé, partant des
quatre arcs-boutants et réunis par un anneau, au centre, la consolidaient. La tige
de cette girouette, traversant la chambre, était fixée sous son plancher. Celle-
ci, par un mécanisme fort simple, marquait à l'intérieur tous les aires de vents,
en sorte que nous pouvions nous guider
dans l'espace, avec pleine sécurité et

sans sortir de l'appartement. Chaque paroi intérieure de celui-ci était peinte en couleur différente. Au bas de chacune d'elles une boussole était placée dans son habitacle. On verra, plus tard, la raison de cette diversité de couleurs.

Nous avons dit que les barres d'acier formant les angles de la chambre dépassaient de quelques décimètres la saillie de la quille du vaisseau. Cette disposition était prise, afin qu'en cas de chûte rapide sur terre, ces barres d'acier, qui étaient aigües, et qui portaient chacune deux ressorts imitant un double crochet d'hameçon, pouvaient entrer facilement dans le sol; mais ne pouvaient en être retirés par l'élasticité du navire, que la force momentanée de compression aurait déprimé; mais qui eût tenté, envain, de rebondir. Par ce moyen, on amortissait les chocs violents, en arrivant trop subitement sur terre et la vie des voyageurs ne courait aucun risque.

Par exemple, lorsqu'il fallait démarrer, on était obligé de piocher la terre autour de ces espèces d'ancres.

La partie inférieure des ballons était garnie d'un appareil en fil de laiton contourné et recouvert de gutta-percha, ce qui donnait à cet appendice l'apparence d'un large œsophage. C'est dans cette partie qu'était la soupape de communication qui permettait d'introduire de nouveau gaz, au besoin.

La soupape de dégagement était placée audessus de l'appartement, afin que le gaz hydrogène pût être lâché dans l'air, sans nuire à la respiration des aéronautes.

Des outres en caout-chouc remplies d'eau, d'autres pleines de vin, formaient lest et étaient placées à fond de câle et bien arrimées, ainsi qu'une quantité d'instruments pouvant servir en voyage, soit à bord, soit à terre.

Des vivres sains, réduits sous un petit volume et en quantité suffisante pour la consommation de six hommes, pendant deux mois, avaient été embarqués. Nous avions fait provision aussi de thermomètres à minima et à maxima, d'hygromètres et de baromètres de diverses formes ; deux bons chronomètres ornaient notre appartement.

Nous avions fait provision d'armes blanches, de fusils, de pistolets et d'armes à vent, avec munition de chasse. Nous embarquâmes même une couleuvrine sur une forme d'affût en gutta-percha.

Des matelas à air garnissaient notre chambre ; ils formaient des espèces de divans ; d'autres étaient suspendus au plafond, comme les hamacs et nous servaient de lits.

Nous nous étions munis de couvertures de laine, d'un poêle avec des tuyaux conduisant la fumée au dehors. Nous avions du combustible, des engins de pêche de diverses espèces, une nacelle portative en caout-chouc, pouvant facilement être montée en mer par quatre personnes. Nous avions des ancres, des cordages en soie, ainsi qu'une échelle aussi en soie pour monter dans l'aérostat, ou pour en descendre d'une certaine élévation, sans être obligé d'atterir.

Enfin rien n'avait été négligé pour le bien-être des aéronautes, ni pour les observations scientifiques. Tout avait sa place dans le bâtiment : les objets embarrassants ou d'un certain poids, avaient été mis à fond de câle et solidement amarrés. La répartition de ce lest avait été faite avec soin. Une bourrasque d'en haut, fut-elle venue fondre sur nous à l'improviste, qu'en nous chavirant complètement, n'eut presque rien dérangé. Le navire eut-il même été jeté en pleine mer, nous n'eussions couru aucun danger. Il pouvait voguer dans les airs ou sur l'onde au gré des voyageurs.

Quoique nous pussions compter sur nos aérostats, ainsi qu'on a pu le voir, d'après notre récit, nous n'avions cependant pas omis la précaution d'emporter de quoi remplacer, au moins deux ballons et des matières pour toute espèce de réparation.

Nous avions pris des rognures de fer, de zinc, etc., de l'acide chlorhydrique, pour faire du gaz hydrogène.

Avec tous ces éléments de succès, aucun de nous n'eut l'ombre d'une pensée
de non réussite. Aussi lorsque tout fut
prêt et installé à bord, nous tînmes
conseil et nous nous demandâmes si aucune addition utile ne pouvait être pro-
posée.

Après mûre réflexion, un seul de nous
émit l'idée d'embarquer des pavillons et
quelques longues flammes qui, pendant
que le navire voguerait dans l'air, feraient,
en se développant, l'office du sillage en
mer, et pourraient être utiles au timonier.
Cette proposition fut accueillie, ainsi que
celle d'emporter une douzaine de beaux
pigeons, paraissant attachés à leur lieu
de naissance, afin de pouvoir envoyer de
temps à autre des nouvelles à notre excellent nabab.

Chapitre VI.

—

Apprêts du Départ.

—

Nos ballons avaient vingt-deux mètres de hauteur et dix de diamètre, à leur plus grand développement. Ils emportaient chacun mille mètres cubes de gaz hydrogène. Nous les fîmes emplir pendant la nuit, à une température de douze degrés centigrades au-dessus de zéro, en sorte que pour faire cette opération nous n'eûmes point recours à d'autre pression que celle de l'atmosphère.

Nos quatre ballons contenaient donc ensemble quatre mille mètres cubes d'ydrogène, pesant au total trois cent soixante kilogrammes ; tandis que le volume égal d'air déplacé équivalait à un poids de cinq mille cent soixante-douze kilog., un mètre cube d'air pesant un kilog. deux cent quatre-vingt-treize grammes, à la température de zéro du thermomètre centigrade, et sous la pression atmosphérique de soixante seize centimètres du baromètre de Toricelli. Le mètre cube de gaz hydrogène sous la même pression, et à la même température, ne pèse que quatre-vingt-dix grammes. Il s'ensuit donc que, défalcation faite du poids total de notre machine, qui était de trois mille trois cent deux kilog. nous compris, la force d'ascension n'eut été paralysée que par une addition de quinze cents kilogrammes.

Tout étant prêt nous pensâmes à remplir un devoir religieux usité depuis les temps les plus reculés ; nous voulons parler de la cérémonie du baptême et de la bénédiction de notre machine. Un parrain et une marraine ayant été choisis , le clergé prévenu à l'avance, fut demandé , et la cérémonie se fit avec pompe.

Le prêtre assisté de tout son clergé monta sur le tillac de notre navire, qui était pavoisé aux couleurs nationales de France et à celles de Hollande. Chacun de nous occupait un poste d'honneur ; le parrain et la maraine étaient avec le clergé.

Quoique l'heure fut matinale une population immense était accourue ; non seulement de tous les coins de Batavia ; mais encore des campagnes et bourgs environnants.

Le célébrant fit une aspersion d'eau bénite aux quatre points cardinaux et entonna solennellement l'invocation *adjutorium nostrum in nomine domini....* à laquelle le clergé répondit. Ici le Pasteur faisant allusion au prophète Habacuc, transporté dans les airs , du fond de la

Judée , au sein de la Babylonie ; afin de porter secours à Daniel jeté dans la fosse aux lions , continua l'invocation en demandant à Dieu , pour nous , d'éloigner l'esprit des tempêtes de notre navire aérien , qu'il nomma , sur la demande du parrain et de la marraine, le St-Elme ; « Que ce navire, poursuivit-t-il, soit léger « et d'un bon augure comme le météore « qui porte le nom de son bienheureux « patron ; accordez , ô Seigneur , aux « industrieux inventeurs de cette étonnante « nante machine, qu'ils soient mollement « ramenés sur l'aile des vents , dans « leur belle patrie et au milieu de leurs » familles et amis en santé ; que par ce « trajet aérien ils aient comme un avant « goût de cette vie immortelle, brillante « et à jamais heureuse récompense accordée « cordée par les mérites de N. S. J. C. « aux justes de cette terre d'épreuves. »

La cérémonie religieuse terminée , le clergé se retira accompagné d'une partie des fidèles.

Pour préserver notre machine aéros-

tatique des ardeurs du soleil , pendant
qu'on la construisait, un hangard d'environ trente mètres de haut avait été éta-
bli. Les ballons vides étaient attachés à
leur sommité ; mais à peine le gaz les
eut-il emplis au quart qu'ils se soutin-
rent d'eux-mêmes. Alors on les débar-
rassa de leurs tuteurs et la toiture du
hangard fut abattue.

A mesure que le gaz abondait dans les
aérostats, ils soulevaient toute la machine et l'on fut obligé de l'amarrer fortement avec des cables, afin de l'empêcher
de s'enlever avant le moment arrêté. Un
escalier pliant fut retiré en dedans de la
galerie et le signal de couper les attaches
ayant été donné , le dernier cable n'at-
tendit pas l'instrument, il se rompit de
lui-même et nous nous enlevâmes dans
les airs avec majesté. Dabord assez lentement , ensuite avec une rapidité gra-
duelle aux acclamations d'une foule immense. Tous les cœurs battaient à rompre
les poitrines ; les mains de milliers de
spectateurs s'élevaient vers nous , c'é-

iaient des houras à briser les plus ro-
bustes tympans. Cette foule , quoique
considérable , l'eût été bien plus encore
si nous eussions attendu quelques heures plus tard pour effectuer notre départ.
Il était quatre heures et demi du matin ,
nous n'étions éclairés que par les lumiè-
res des étoiles. Batavia est peu éloignée
de la ligne et l'on sait que dans cette
latitude le soleil se lève à six heures du
matin et se couche à six heures du soir:
Le crépuscule est très court.

Nous étions au 15 mars 1856 , jour
que nous apprimes , depuis , être celui
de la naissance du Prince impérial de
France, Napoléon IV.

Comme on a dù le penser, uous avions
choisi cette heure matinale , afin d'empêcher la dilatation de notre gaz qui, eut
été énorme si nous eussions reçu les
rayons du soleil avant notre départ.

Chapitre VII.

—

Manœuvre du bâtiment ; — détails de nos impressions à plusieurs milles au dessus du globe ; — ligne suivie.

—

Déjà nos ballons étaient fortement distendus; aussi à peine fûmes nous entrés dans notre appartement, que notre première manœuvre fut de faire jouer un des cabestans. Nous ne tardâmes pas à nous apercevoir de l'effet produit par la pression que nous opérions sur l'un des

aérostats : l'équilibre de notre chambre
fut rompu d'une manière d'autant plus
sensible, que tous quatre étions groupés
sur un seul point qui était celui sur lequel nous opérions une réduction de force
ascensionnelle. Alors deux d'entre nous
se portèrent sur l'angle opposé en dia-
gonale et enroulant le cable formé par
les cordelettes du filet de soie du ballon
correspondant à cette partie, l'équilibre
de la chambre se rétablit. Cependant on
sentait que nous n'étions pas attirés par
une force partout égale. Des soubresauts
inattendus l'indiquaient suffisamment ;
mais lorsque les quatre ballons furent
tous sous une même pression, la marche
fut régulière et l'ascension modérée. Il
est probable qu'au fur et à mesure que
nous montions, le poids de l'air extérieur
diminuant, cette cause aura eu aussi
beaucoup d'influence sur le ralentisse-
ment de notre marche ascensionnelle.
Le baromètre marquait 645 millimètres.
Nous avions fait six kilomètres en ligne
verticale et deux kilomètres horizonta-

lement, dans l'espace de dix minutes.
Comme l'air était très peu agité, nous ne
nous étions pas écartés sensiblement du
point de départ; nous montions toujours;
mais avec une vitesse de quatre kilomètres à l'heure seulement. A ce moment
trois d'entre nous sortirent de la chambre
et se promenèrent sur la galerie, M. Le
Perche seul était resté dans le bâtiment.
On distinguait encore les nombreux curieux qui stationnaient au lieu de notre
départ.

Il est surprenant que la vue soit si per-
çante quand on est bien au dessus de
l'horizon. Sur terre, à deux kilomètres
de distance les meilleurs yeux peuvent à
peine apercevoir un homme. Il est vrai
que ceux que nous voyions, quoique fort
distinctement, ne nous paraissaient pas
avoir vingt centimètres de hauteur.

Nous jouîmes en ce moment d'une
émotion indicible : l'horison était immense, la vue n'avait de bornes d'aucun
côté, nos pensées étaient plus libres.
Toutes nos fonctions physiques et intel-

lectuelles paraissaient mieux s'opérer ;
l'air était pur et frais. Il nous semblait
que nous allions perdre pour toujours
nos habitudes terrestres et que nos âmes,
en se rapprochant des régions éthérées,
se trouvaient dans leur vrai milieu.

Au moment de notre départ, les thermomètres centigrades marquaient vingt
degrés; ils en accusaient encore douze à
l'intérieur et seulement trois à l'extérieur. Et à mesure que nous montions
ils descendaient toujours.

Il y avait une heure que nous avions
quitté terre, nous étions à 7000 mètres
au dessus de la mer, quand notre machine nous parût stationnaire. Nos comp-
teurs ne marchaient plus, à peine si les
volants fesaient quelques évolutions autour de leurs axes. Les hygromètres à
notre départ marquaient quarante-sept
degrés, ils étaient maintenant à 35. Nous
rentrâmes et profitâmes de ce moment
de calme pour tracer, à la craie, sur le
plancher de notre chambre, un planis-
phère indiquant, grosso modo, les mers,

les contours des continents avec leurs
principaux caps et les iles les plus remarquables. La question de la ligne à parcourir n'avait pas encore été agitée. Il
était bien convenu que nous devions nous
rendre en France; mais sans route ar-
rêtée.

M. Edouard Leperche, que nous avions
nommé capitaine, décida, en vue de la
satisfaction qu'il avait éprouvée de la
majeure partie des plans de MM. Roche
et Seymard, que nous aborderions à
Marseille, point rapproché de la demeure
de ces derniers.

En supposant, dit-il, que les vents
nous soient favorables pour aller en
ligne droite à notre destination, nous
pourrions y être rendus dans l'espace de
quatre jours, au plus. Nous franchirions
alors une partie de la mer des Indes, le
golfe du Bengale, nous passerions sur
l'Indoustan, la Perse, l'Asie-Mineure, la
Turquie, une partie de l'Autriche, la
Suisse et enfin la France, trajet d'environ
deux mille sept cents lieues terrestres de

quatre kilomètres l'une, ou b'en, ce qui
serait un peu plus long, nous pourrions
suivre la ligne équatoriale en passant sur
le Congo, le golfe de Guinée, et là, tournant à angle droit, nous suivrions l'Océan
Atlantique, le grand Océan, et planant
sur la France de Bordeaux à Marseille,
cinq jours nous suffiraient pour faire
notre traversée, longue alors de quatre
mille cinq cents lieues. Il ajouta que n'é-
tant pas tenus d'arriver à jour fixe et
toutes les lignes, par la voie d'air, étant
aussi douces et aussi faciles les unes que
les autres, le plus ou moins de parcours
n'y fesait pas grand chose, qu'il n'y avait
à rechercher que les vents favorables. Il
est probable même, dit-il, que le calme
dont nous jouissons en ce moment ne
sera pas de longue durée et que, peut-
être, ferions-nous bien, avant d'adopter
un plan, d'attendre un courant d'air qui
ne doit pas tarder à se déclarer; d'ailleurs
dans les deux lignes que je viens de tracer je n'entrevois que peu de chances de
surprises ou d'émotions, au lieu qu'en

tournant le dos au trajet direct et en suivant la ligne équatoriale, nous ferions les trois-quarts du tour du globe, c'est-à-dire vingt-six mille huit cents kilomètres, en passant sur l'Océan Pacifique, le Texas, l'Océan Atlantique, le grand Océan, l'Espagne, terre presque vierge pour l'art aérostatique, et enfin la France.

Cette dernière proposition nous enchanta et l'acclamâmes d'une commune voix; elle nous sourit d'autant plus que la partie de l'immensité des mers sur laquelle nous devions planer, est celle qui a été le moins explorée, et, soit hasard, soit que M. Leperche, avant de faire sa proposition, se fut aperçu qu'un courant s'établissait, nous portant vers l'Amérique, par l'Océan Atlantique, nous ne tardâmes pas à nous sentir entraînés de ce côté, avec une vitesse de quarante kilomètres à l'heure, laquelle paraissait encore s'accroître d'instants en instants.

Dès lors, nous primes franchement notre direction et notre voyage était commencé.

Il était alors huit heures du matin ; nous étions tous frais et dispos. Il fut convenu que nous tirerions au sort pour savoir qui ferait les fonctions de coke à bord; on sait que le cuisinier d'un navire n'est connu que sous ce nom. Quatre numéros de 1 à 4 furent roulés et mis dans un chapeau, j'amenai le numéro 1er, M. Emile Leperche le 2me, M. Roche le n° 3, et le n° 4 échut à M. Seymard. Les fonctions n'étaient que journalières et à tour de rôle, suivant l'ordre indiqué par le hasard; ensuite, quand la série fut épuisée, on continua de même sans plus tirer. Deux repas seulement étaient exigés du chef de cuisine, savoir: le matin à 9 heures et 1|2 et le soir à 4 1|2. Nous avions du lait en tablettes, sur lequel je mis de l'eau que je fis bouillir. J'obtins ainsi du lait fort bon et avec je préparai quatre copieux bols de chocolat qui fut trouvé délicieux. Bien que notre aérostat marchât très bien, je n'en étais pas moins obligé de maintenir la casserolle sur le fourneau, sans cela elle eût été renversée plusieurs fois par des mouvements saccadés imprimés au navire par quelques légères raffales. L'air que nous avions embarqué commençait à être vicié par suite de la consommation que nous en fesions Nous avions 15 dégrés de chaleur dans la chambre. On sait que les vitres laissent pénétrer les rayons caloriques du soleil et les empêchent de sortir. Nous ouvrîmes la porte et les fenêtres et respirâmes alors un air pur, ce qui nous fit grand plaisir et nous égaya; mais nous ressentîmes une impression de froid assez vif. Les thermomètres étaient descendus à 5 degrés et leur marche décroissante n'était point arrêtée. Nous ne tardâmes pas à nous apercevoir que le milieu dans lequel nous étions était très raréfié; nous étions à 8,000 mètres au dessus du niveau de la mer. Comme nous avions un peu froid et que nous éprouvions une sorte de difficulté à respirer, nous fîmes jouer les pompes, après avoir fermé toutes les issues de notre chambre; l'air acquit alors de la densité et le baro-

mètre intérieur, qui était à 35 centimètres en harmonie avec celui du dehors,
monta bientôt à 48 cent. Les thermomètres marquèrent six degrés au dessus de
glace et le navire descendit de 400 m.
Nous avons attribué l'accroissement de
chaleur à la projection des rayons solaires
à travers les vitres de la chambre; mais
plus encore à la densité de l'air qui avait
augmenté. M. Roche était sorti sur la
galerie pour allumer sa pipe. Les marins
et les aéronautes ne fument pas le cigare.
Comme nous avions proscrit les allumet-
tes chimiques afin d'écarter tout danger
d'incendie, mesure sage sans doute, étant
entourés de matières aussi inflammables
que celles qui nous enveloppaient; il bat-
tait le briquet pour tâcher de mettre le
feu à un morceau d'amadou; malgré tous
ses soins, quoique son amadou fût bon
et très sec, sa pierre neuve et son briquet
trempé très dur, il ne pouvait en venir à
ses fins; nous attribuâmes ce phénomène
à la raréfaction de l'air qui, diminuant
l'intensité de l'oxigène, ne permettait

plus la combustion des parcelles d'acier détachées par la pierre. Voyant que ses tentatives étaient inutiles, il prit un autre moyen que je n'avais vu employer nulle part et dont il m'avoua ensuite être l'inventeur; il me dit l'avoir mis en pratique maintes fois dans le cours de ses longues pérégrinations : il prit un petit bout de fil de fer, le contourna deux fois autour d'un crayon qui avait 5 millimètres environ de diamètre et tenant les deux extrémités de ce fil entre le pouce et l'index il le plongea dans un verre d'eau. Le petit cercle qu'il avait obtenu en contournant le fil de fer se chargea d'une goutte d'eau et fit ainsi une loupe, au travers de laquelle il fit passer les rayons solaires qu'il dirigea sur son amadou, lequel ne tarda pas à s'enflammer. J'appelai alors MM. Leperche et Seymard et leur proposai de mettre le feu à un corps combustible avec une goutte d'eau et une ficelle ou un fil quelconque, ou même avec un brin d'herbe; ils crurent d'abord que je voulais les plaisanter; mais M.

Roche ayant rénouvelé sa petite expérience, tous trois nous le félicitâmes de
tout cœur de son ingénieux et charmant
procédé qui, du reste, n'est que l'application du principe des verres convexes
rassemblant, sur un seul point et en un
seul faisceau, les rayons lumineux et
coloriques du soleil. Non seulement le
globule d'eau retenu dans le fil de fer
embrasait les corps combustibles; mais
il pouvait servir encore de forte loupe,
car j'examinai, avec divers corpuscules,
qui me parurent plus que décuplés.

Notre navire continuant à marcher
avec régularité, je proposai à M. Roche
de faire une partie d'échecs; il ne s'atten-
dait pas à trouver parmi ses co-voya-
geurs un amateur de ce jeu; aussi cette
proposition lui fit-elle grand plaisir. Il
était environ une heure de l'après-midi,
nous étions éloignés de près de 400 kilomètres de notre point de départ. M.
Roche était beaucoup plus fort que moi
aux échecs; mais, cependant, soit préoc-
cupation de sa part, soit qu'il ne mit pas

toute l'attention voulue à la partie, m'en estimant peu digne du premier coup-d'œil, j'en gagnais trois, sur cinq que nous jouâmes ; la dernière piqua son amour propre et il me promit de prendre sa revanche à la première occasion. L'heure du repas du soir approchait. Je préparai un potage gras avec des tablettes de bouillon de bœuf conservé en boîtes; cette viande nous parût aussi fraiche que si le bœuf venait d'être tué; nos légumes réduits, que j'avais eu le soin de faire renfler à l'eau tiède, nous firent grand plaisir; enfin nous ne nous aperçûmes nullement que nous n'avions point de vivres frais.

Vers sept heures du soir, nous jouissions encore complètement de la lumière du soleil qui semblait nager dans un resplendissant incendie et cependant la portion du globe sur laquelle nous planions n'en était plus éclairée depuis une heure. L'air s'était refroidi; le thermomètre ne marquait que 6 degrés au dessous de zéro; nous nous étions rapprochés de la terre de trois kilomètres; nous n'en étions plus éloignés alors que de deux.

Chapitre VIII.

—

*Découverte d'une île dans l'Océan In-
dien. On y trouve un ancien esclave
du Nabab.*

—

La brise du soir commençait à se faire
sentir. Le croissant de la lune se dessi-
nait purement sur l'azur foncé du ciel.
A ce moment, un bruit confus de voix
humaines et d'instruments discordants
monta jusqu'à nous. Il est à remarquer
que le son dans l'immensité de l'air ne

frappe notre oreille que très faiblement
quand il marche horizontalement et qu'il
n'a aucune barrière pour l'arrêter; mais
qu'il est bien plus perceptible, même à
une grande hauteur, quand il va de haut
en bas et plus encore de bas en haut. Il
est facile de se rendre compte de ce phénomène : quand la masse d'air ne rencontre aucun obstacle, soit sur terre, soit
par les nuages, les ondulations causées
par un choc, une détonation quelconque,
ou la voix, marchent rapidement; l'oreille
n'en est frappée au passage que d'une
somme minime. Si, au contraire, ces
mêmes ondulations sont arrêtées dans
leurs cours par un obstacle assez grand,
tel qu'un mur fort haut, une falaise, une
montagne, ou même des nuages compac-
tes, une quantité de ces ondulations vient
frapper les tympans de l'auditeur qui se
trouve placé entre le son émis et l'obstacle, alors l'impression qu'il ressent est
très forte. Quand un navire en mer est à
un ou deux kilomètres d'une haute falaise
et que le temps est calme, les personnes

qui se parlent à haute voix d'un bout du
navire à l'autre ont peine à s'entendre,
tandis que celles qui sont sur le rivage,
à quelques centaines de mètres de cette
falaise, distinguent parfaitement les paroles prononcées bien loin d'elles et le son
semble leur être apporté du point opposé
à son émission.

Nous passions toujours sur l'immensité
des mers; l'idée nous vint de braquer
notre lunette perpendiculairement sur la
terre et nous aperçûmes une île se dé-
tachant sur les eaux, comme un point
noir sur un marbre blanc. La lune argen-
tait les flots tandis que l'île ne réflétait
que faiblement sa lumière. Des feux nombreux nous firent connaître que quelque
chose d'extraordinaire se passait là.
Comme notre curiosité était piquée, nous
décidâmes que nous irions voir ce que
ce pouvait être; en conséquence nous
serrâmes les aérostats, nous fimes jouer
les pompes et en moins de ving minutes
nous ne fûmes plus qu'à cent mètres de
terre; nous entendîmes alors des cris et

des gémissements humains, nous ouvrî-
mes les écoutilles et notre aérostat descendit plus lentement ; l'air comprimé
s'écoulait jusqu'à parfait équilibre. A dix
mètres du sol je pris un cable à nœud
que j'amarrai fortement au navire et je
me laissai aller à terre. Je remorquai ensuite notre aérostat jusqu'au lieu d'où
partaient les cris. Les nombreux acteurs
de cette scène qui, jusqu'alors, ne nous
avaient pas aperçus, nous voyant au dessus et si près d'eux sans comprendre
comment nous pouvions être venus là,
s'imaginèrent que nous descendions du
ciel. On se rend facilement compte de
leur croyance, si l'on se reporte au temps
de l'invention des Montgolfières, où l'au-
torité était obligée d'envoyer dans toutes
les communes de France un avis imprimé
pour rassurer les populations rurales en
leur affirmant que si, par hasard, elles
voyaient un globe descendre vers elles,
ce ne serait point la lune qui viendrait les
visiter ; mais simplement un aérostat :
invention nouvelle pour s'enlever dans

l'air et que, dès lors, elles n'eussent point d'appréhensions à avoir; ce qui n'empêcha point que, presque de nos jours, des campagnards se conduisirent comme les sauvages dont nous parlons en ce moment.

Ceux-ci, qui étaient des cannibales, se sauvèrent tous en poussant des cris d'effroi et ne laissèrent qu'un des leurs attaché à un poteau au pied duquel était un bûcher circulaire qui commençait à s'enflammer et qui n'aurait point tardé à rôtir le malheureux captif, sans notre arrivée à temps. Mon premier soin, lorsque j'eus amarré le cable à un arbre, fut d'éparpiller le feu avec le plus de promptitude possible. Mes compagnons descendirent prestement et m'aidèrent à l'éteindre. Bientôt tout danger fut écarté pour le sauvage qui, sans nous, allait être rôti tout vivant. Nous coupâmes les liens de cette pauvre victime plus morte que vive et que nous trouvâmes être un homme d'une trentaine d'années, parfaitement constitué et plein de vigueur. M.

Leperche, qui connaissait plusieurs idio-
mes de l'Indoustan, lui adressa quelques
paroles auxquelles le noir répondit; mais
bientôt leur conversation s'établit en anglais et nous apprîmes que ce sauvage
était un esclave marron échappé, depuis
peu, de chez son maître. Par un hasard
singulier, il avait appartenu à notre ami
le nabab de Batavia, qui l'avait gardé à
son service après l'émancipation des esclaves; mais un de ses parents l'avait
prié de décider ce bon serviteur à aller
avec lui au Bantam, peu distant de Batavia, ce à quoi le nègre avait cédé, non
sans regrets; mais la position qui lui était
faite était si avantageuse qu'il s'était dé-
cidé. Son nouveau maître étant mort,
peu de temps après son arrivée dans le
royaume de Bantam, ses héritiers avides
voulurent vendre tous ses serviteurs
noirs, sans s'embarrasser s'ils étaient libres ou non; mais fort de son droit d'é-
mancipation, celui dont nous parlons s'é-
tait évadé et avait rejoint des esclaves
marrons qui avaient quitté l'île de Java

furtivement dans des pirogues et s'étaient
établis dans celle où nous venions d'arriver. Notre semi-sauvage était là depuis
quelque temps avec ses camarades et
leurs familles; il y vivait libre et heureux,
sans aucune espèce de soucis, quand le
chef de cette tribu, qui en était aussi le
grand prêtre, annonça que leur Dieu de-
mandait une victime humaine. (Il parait
que le régime du maigre lui avait fatigué
l'estomac.) Ces espèces d'offrandes se
font en grande cérémonie et sont, parmi
cette peuplade, des occasions de fêtes.
Ils pensent, d'ailleurs, que de tels sacri-
fices rendent leur divinité propice à la
colonie. Le conseil des anciens s'assem-
bla et décida qu'à la première heure du
premier quartier de la lune, le dernier
homme incorporé à l'association, serait
offert en sacrifice sur l'autel de leur dieu,
ainsi que le voulaient leurs lois tradition-
nelles.

Quinze jours s'étaient écoulés depuis
cette décision. On avait enfermé la victime, gardée à vue et très bien nourrie,

sans lui faire connaître le sort qui lui était réservé et ce n'était que depuis environ une heure qu'eHe savait à quoi s'en tenir sur les bons soins apportés à sa nourriture pendant sa captivité, car, ce soir là, c'était le premier quartier de la lune, et l'heure du sacrifice était arrivée. Cet homme, interrogé sur le motif qui avait porté ses camarades à le faire rotir tout vivant au lieu de lui ôter la vie avant, nous répondit que c'était un motif purement culinaire qui les fesait agir ainsi, attendu que la chair cuite en vie était bien préférable, selon eux , à la chair morte d'abord et grillée ensuite. Quoiqu'il en soit, c'est à ce goût délicat de ses camarades que notre homme dût son salut. Il nous pria en grâce, on le pense bien, de l'emmener avec nous. M. Leperche savait que notre ami le nabab avait été satisfait des services de ce noir, pendant plusieurs années qu'il l'avait eu à son service; nous accédâmes donc à son ardente prière, ce qui le mit au comble de la joie.

Les cannibales avaient fait ample provision de vivres pour la fête qu'ils comp-
taient se donner ; nous en choisîmes ce
qui nous plût à la vue, car nous ne connaissions qu'une très petite partie de tout
ce qui était là amoncelé. Nous tirâmes à
nous le St-Elme que nous n'avions pas
perdu de vue un seul instant. Chacun
emporta avec soi une portion de ce que
nous avions choisi et regagna, avec, le bâtiment; notre nègre resta le dernier pour
lever l'ancre et nous rejoignit bientôt en
grimpant comme un singe après le cable
à nœuds; il prit place à côté de nous au
moment où le navire était déjà à plus de
cent mètres d'élévation, car aussitôt rendus dans la chambre, nous en avions
ouvert la porte et les fenêtres, en même
temps que nous avions desserré les aérostats.

Notre nègre ayant un nom barroque,
difficile à prononcer pour des glottes
françaises, nous lui donnâmes celui de
Roussi, qu'il accepta avec plaisir; ce nom
lui rappelant les dangers qu'il avait cou-

rus et la reconnaissance qu'il nous devait.

L'île dans laquelle nous venions d'aborder n'étant point marquée sur la carte, nous la relevâmes en passant et trouvâmes qu'elle était située à 112 degrés de longitude du méridien de Paris et à cinq degrés cinq minutes de latitude. Nous apprîmes par Roussi que cette île avait dix-huit kilomètres de tour et n'était abordable que dans un seul endroit, large d'un mètre à peine, entre des rochers à pic d'une très grande hauteur, ceignant l'île et ne permettant pas d'en approcher à cause des récifs nombreux qui les entouraient et des vagues qui venaient briser contre, avec un fracas épouvantable.

Les provisions que nous avions enlevées se composaient de noix de coco, de fruits d'arbre à pain, d'oranges de la grosseur de la tête d'un homme, et qu'on appelle pamplemousses, des limons, des tamarins, des dattes et du vin de palme. Nous avions outre cela des durions, dont le fruit est enfermé dans une coque de la grosseur d'un beau melon; cette coque

hérissée de fortes pointes pyramidales,
est épaisse et verte d'abord; elle devient
jaune orange, en mûrissant, et s'ouvre
en cinq parties, dont chacune contient
plusieurs semences, ovales, entourées
d'une pulpe blanche muqueuse, aussi
délicate que la meilleure crème. Elle ne
se garde dans cet état qu'un jour ou deux;
au plus; après ce temps elle noircit et se
corrompt. Pourtant, ce fruit délicieux
répugne souvent par son odeur, à ceux
qui n'en ont point encore goûté; mais
une fois qu'on en a mangé, on le préfère
à tous autres. Les Chinois en font grand
cas, lui attribuant des vertus très proli-
fiques. Les mangues y étaient aussi en
certaine abondance; leur forme et leur
grosseur varient. Il y en a du volume
d'un œuf de poule et d'autres qui pèsent
jusqu'à un kilog. Toutes sont savou-
reuses et d'une odeur exquise; sous une
peau assez forte, quoique mince, elles
contiennent une pulpe jaune succulente.
Quad ce fruit n'est pas entièrement mûr
on en ôte le noyau, on le remplace par

du piment, des gingembres et autres épices fortes, après quoi l'on confit le tout dans du vinaigre. C'est ce qu'on appelle atchiar ou achar; ainsi préparés, ces fruits sont exportés de l'Inde dans tous les continents. On peut manger des mangues en grande quantité sans jamais en être incommodé. Son noyau, rôti, a un goût amer, arrête, dit-on, le flux de ventre et tue les vers.

Le manguier, dans les parages où nous nous trouvions, porte deux fois l'an; il est cultivé à Cayenne depuis le commencement du siècle; les sujets ont donné des fruits à l'âge de cinq ans; mais ils ne rapportent là qu'annuellement. La pelure de la mangue nous parût astringente, M. Seymard nous dit qu'il lui semblait que cette peau pouvait être utilisée en teinture pour produire un rouge foncé assez beau.

Nous avons ramassé aussi quelques torches faites avec la bourre de coton, de l'écorce de noix de coco et le suc du mani, arbre qui étant entamé produit, comme le *pinus sylvestris*, une résine abondante, jaune et découlant, mais qui devient noire en se desséchant à l'air. Les sauvages s'en servent en guise de goudron pour caréner leurs barques et consolider les fils avec lesquels ils attachent les dents de poissons au bout de leurs flèches. Cet arbre croît naturellement dans ces contrées. Quelques gourdes remplies d'un liquide fermenté étaient tombées sous notre main, ce liquide avait l'apparence du vin blanc, son goût se rapprochait beaucoup de celui du poiré; chacun sait que dans les départements du Nord de la France, une certaine espèce de poires produit une liqueur capiteuse sucrée mousseuse, énivrante quand elle est mise en bouteille, et qui a beaucoup de rapport avec le vin de Champagne. La poire avec laquelle on fait cette boisson étant inconnue dans les contrées où nous étions, nous désirions bien savoir comment nos sauvages avaient pu se procurer la liqueur que contenaient leurs gourdes. Roussi nous

dit quelle était fabriquée avec la cipipa,
ou farine de manioc, dont on fait des
cossaves ou couaques, espèces de galet-
tes qui, nouvellement cuites, sont amon-
celées jusqu'à ce qu'elles se moisissent;
alors on les met dans un vase avec une
quantité d'eau suffisante, on laisse fer-
menter pendant deux jours et on tire à
clair. Cette espèce de vin est connu sous
le nom de *paya* par les indigènes.

Nous regardâmes nos indicateurs ; nous
étions à 5,000 mètres au-dessus de la
mer; notre marche était régulière. Nous
avançions de 60 kilomètres à l'heure.
Comme aucun indice ne faisait présumer
qu'il dut se passer rien d'extraordinaire,
nous nous couchâmes dans nos hamacs,
M. Roche fut désigné pour faire le quart.
La nuit se passa sans aucun incident,
toutes les quatre heures nous nous re-
levions, c'est-à-dire que le quart était
fait à tour de rôle de quatre en quatre
heures. Chacun sait que sous la ligne les
jours sont égaux aux nuits; mais étant
bien plus élevés que l'horizon , nous

eûmes la lumière deux heures plus tôt qu'à terre et nous l'avions quittée deux heures plus tard, en sorte que nos nuits n'avaient guère plus de huit heures et nos jours en avaient seize.

Après notre déjeûner, nous fîmes descendre notre aérostat à une centaine de mètres au-dessus du niveau de la mer; nous aperçûmes plusieurs poissons volants sortir de l'eau, parcourir en l'air une trentaine de mètres et y retomber ensuite. A la surface du globe nous n'avions presque pas de vent, quoique nous eussions eu une forte brise à 4,000 mètres au-dessus. La mer était calme, ce qui nous donna l'envie de pêcher. Roussi nous demanda comme une faveur de nous aider dans cette occupation; ce qui lui fut accordé. Nous fîmes encore descendre le St-Elme de 80 mètres environ et le tîmmes en équilibre à cette hauteur. Nous lachâmes alors du câble à nœud et Roussi descendit avec la chaloupe; une fois installé dedans et flottant, M. Émile Leperche descendit à son tour avec des engins de pêche et M. Roche avec des rames connues des marins sous le nom d'avirons. Ces rames, comme le reste de notre équipement, étaient faites avec des tiges d'acier détrempé. Seulement celles-ci étaient étirées en creux et la palette faite en treillis de fil de fer et recouvert en caout-chouc volcanisé. M. Seymard et moi restâmes pour gouverner l'aérostat ; nous serrâmes les cabestans et fîmes encore descendre le St-Elme afin d'éviter, par une élévation ou une cause imprévue, de faire chavirer la nacelle des pêcheurs.

Au bout d'environ deux heures, nos pêcheurs étant fatigués ou ayant pris suffisamment de poissons, nous hélèrent afin de les monter à bord. Le cable ayant été accroché à quatre points différents de la nacelle et celle-ci mise en équilibre, nous la hissâmes au moyen d'une poulie; elle était pleine de poissons, d'engins de pêche, de rames, et contenait en outre nos trois hommes; l'ascension s'en fit cependant avec assez de facilité. Nous

avions en soin avant de tirer ce poids à
nous de lâcher son équivalent d'air; arrivés à la hauteur de la galerie, Roussi
s'y cramponna et en deux bonds il fut
dedans; il nous aida alors et bientôt hommes et choses furent à bord. La pêche
avait été heureuse : elle se composait
d'une trentaine de poissons volants, d'une
quinzaine de dorades, de plusieurs albi-
cores et de quelques bonites; elle procura
aussi la prise d'un pilote, poisson fort
difficile à prendre sans le requin qui l'ac-
compagne toujours.

La plupart de ces poissons étant peu
connus en France, je ne crois pas inutile
d'en faire ici la description : le poisson
volant est de la grandeur d'un hareng
moyen, il ressemble beaucoup au muge,
sa tête est déprimée, elle est vert-brun
ainsi que son dos; au dessous de chaque
côté de ses ouïes est placée une nageoire
qui dépasse un peu son corps en longueur,
lequel est blanc. Les nageoires sont mem-
braneuses et se replient facilement. Fer-
mées elles n'ont guères que 2 à 3 cent.

de largeur; mais ouvertes elles en ont dix environ. C'est à l'aide de ces espèces d'ailes qu'ils se soutiennent quelque temps dans l'air; mais ils sont forcés de se replonger dans l'eau lorsque la châleur a enlevé l'humidité de leurs longues nageoires; leur chair est bonne et saine. La dorade est un des plus délicats poissons de la mer; elle est longue, plate, converte de très petites écailles. Il y en a qui ont six et même huit pieds de long, les nôtres n'avaient guère que 1m 70; elles pesaient de 4 à 5 kilog. La tête qui est obtuse et ronde est aussi la partie la plus large du poisson, dont le corps diminue de grosseur en allant jusqu'à la queue. Lorsque la dorade nage à fleur d'eau, elle offre aux yeux différentes couleurs vives et brillantes, telles que le bleu, le vert, le doré, l'argenté, mariés d'une manière fort agréable. Sa marche est d'une extrême vitesse; elle s'élance quelquefois à plusieurs pieds au-dessus de l'eau pour se saisir du poisson volant dont elle fait sa proie. L'albicore est gros et ramassé avec une tête pointue; un gros ventre et une queue mince; son dos est brun foncé et son ventre blanc. Sa chair est plus sèche, plus ferme et moins délicate que celle de la dorade; il y en avait qui pesaient jusqu'à 25 kilog.; de sorte que nos pêcheurs coururent plusieurs fois le risque de voir leur légère nacelle chavirer, ce qui eut pu amener un grand malheur; car il devait y avoir des requins dans le voisinage; la prise d'un pilote, comme je l'ai dit, nous en fournissait la preuve. Ce poisson se trouve partout où est le requin; on pense même qu'il lui sert d'éclaireur et lui indique sa proie. Il ne mord jamais à l'hameçon; sa longueur et d'environ vingt centimètres, son corps était rayé en long de bandes bleu foncé et blanches d'environ trois centimètres de largeur; il pesait un peu moins d'un kilog. Sa chair est appétissante et moins sèche que celle de l'albicore. La bonite nous a semblé être le même poisson que l'albicore; mais elle est plus petite, ce qui nous porta à croire

que ce n'est que lorsqu'elle est jeune
qu'elle porte le nom de bonite.

Jamais nous n'avions eu tant d'appétit
depuis que nous avions fait notre nid à
quelque mille mètres au-dessus de l'horizon. C'est un moyen hygiénique qui
sera sans doute prescrit par la Faculté
dans quelques années; du moins nous le
recommandons avec connaissance de
cause et avec la plus entière conviction
aux personnes privées d'appétit et qui
désirent retrouver cette source de bonne
humeur et de santé; notre voyage ne dut-
il servir qu'à celà, aura du moins été utile
à l'humanité.

Chapitre IX.

—

On remplace le feu et le combustible par
une machine à frottement.

—

Nous nous étions aperçus que notre
fourneau consommait beaucoup de combustible et usait très vite l'air de notre
chambre, ce qui nous forçait à pomper
fréquemment, pour nous maintenir à une
hauteur à peu près constante. Quand
nous-eûmes fait rôtir nos fruits d'arbre
à pain que nous trouvâmes délicieux,

7*

parce que nous étions privés de pain frais depuis quelques jours et que ce fruit en a tout-à-fait la saveur, nous cherchâmes un moyen de nous passer de feu, ce qui était assez difficile, car nous voulions faire cuire la majeure partie de nos vivres et avoir des potages chauds.

M. Seymard proposa quelques mélanges d'acides avec des alcalis, ce qui fait dégager, il est vrai, une grande somme de calorique; mais ce moyen, bon pour porter des liquides à un certain degré de chaleur, ne suffisait pas pour les soutenir longtemps en ébullition, d'autant plus que nous eussions été bientôt à court d'acides et d'alcalis. Après quelques essais, nous dûmes renoncer à ce procédé.

M. Roche proposa alors de placer au soleil quelques verres convexes d'un large diamètre de façon que les rayons de cet astre, réunis en faisceaux, vinssent tomber sur plusieurs points d'un vase de métal rempli de liquide. Cet ingénieux procédé nous parut d'autant plus praticable, que, planant au-dessus des nuages, nous étions constamment éclairés par les rayons directs du soleil.

Nous fîmes donc l'essai proposé; mais nous ne parvîmmes pas à avoir une ébullition constante du liquide, parce que notre opération se fesant sur la galerie extérieure, les courants d'air refroidissaient par leur contact et le liquide et son récipient. Nous dûmes, dès-lors, chercher encore mieux.

Roussi nous demanda la permission de dire quelques mots, ce qui lui fut accordé. Quand nous voulons avoir du feu, nous dit-il, nous nous procurons deux morceaux de bois, dont l'un sec et l'autre vert, nous fesons un trou dans le premier et y introduisons le second, sous forme de cheville, et tournant celle-ci dans nos mains, nous lui imprimons une telle rapidité que nous ne tardons pas à embraser le morceau de bois sec; mais, dis-je, ce n'est là qu'un moyen d'avoir du feu et justement nous voulons supprimer le combustible et la combustion. C'est vrai, dit-il ; mais le frottement donne une masse énorme de chaleur. C'était raisonner à ravir pour un nègre qui n'avait pas reçu d'instruction. Aussi M. Leperche, en le remerciant de sa communication, que nous connaissions tous, du reste, nous dit : le récit du nègre m'a illuminé; je crois être certain d'avoir résolu le problême que nous cherchions. — Alors faites nous vite part de votre moyen.— Le voici : vous n'êtes pas sans avoir entendu parler d'une machine à frottement qui consiste en une roue assez grande, engrenant une plus petite qu'elle fait marcher avec une extrême rapidité. Au bout de l'arbre de celle-ci est un pivot de forme conique plus gros que la tige. Ce cône est entouré de filasse et tourne dans un cylindre matricule, absolument comme le fait un essieu dans sa boîte, lequel, par parenthèse, met quelquefois le feu au moyeu de sa roue ; l'appareil plonge dans un vase en cuivre étamé rempli d'eau, et, par son contact avec elle, lui communique assez de calorique pour la faire entrer en ébullition. Vous

le voyez donc, c'est bien là l'application
du frottement dont Roussi nous parlait
tout à l'heure. Si, à cet appareil, nous
adoptons un système d'ailes mues par le
déplacement de notre aérostat et que
nous y ajoutions, de plus, l'ingénieux
moyen proposé par M. Roche, nous au-
rons une machine à calorique qui pourra
lutter avec les foyers de cuisine les mieux
entretenus de combustible.

Ce projet est parfaitement conçu,
dîmes nous tous, et doit être mis à exécution sans retard. En supprimant la girouette centrale qui pouvait être sup-
pléée, sans inconvénient, par les bande-
rôlles appelées flammes, nous avions de
quoi établir notre machine en peu de
temps. Je me mis donc à l'œuvre avec
Roussi, qui était fort adroit, et nous
pûmes expérimenter pour le dîner. L'essai que nous fîmes réussit complètement
et, dès ce moment, nous n'employâmes
plus d'autre voie pour cuire nos aliments. Nous étions alors en pleine sécurité sous le rapport du feu, et sauf les

éclats électriques partant des nuages sur lesquels nous planions, nous n'avions plus motifs de crainte d'incendie. Par ce moyen, nous allégeâmes notre aérostat de tout le combustible embarqué, ce qui nous permettait de prendre plusieurs voyageurs en route, si nous le désirions. Nous félicitâmes M. Leperche de son intelligent procédé ; mais celui-ci en fit retomber le mérite, en partie sur M. Roche, dont l'ingénieux moyen nous fut si utile, et en partie sur notre pauvre Roussi.

Nous n'avions embarqué, en fait d'animaux vivants, que quelques pigeons qui n'étaient point destinés à notre alimentation et, quoique bien nourris, nous ressentions le désir d'avoir de la chair fraîche autre que celle du poisson.

Il est probable que si nous eussions pu nous en procurer facilement nous l'eussions dédaignée. Nous sommes ainsi faits : la privation d'une chose dont nous pourrions aisément nous passer et qui n'aurait pour nous aucun attrait si elle était à notre libre disposition, lui donne du prix à nos yeux et nous la fait désirer ardemment si elle devient rare.

Nous étions au quatrième jour de notre navigation aérienne; le vent nous poussait avec vigueur vers l'Amérique du nord. Nous fîmes nos observations astronomiques et reconnûmes que nous étions au 141me degré de longitude et au 19me de latitude, ce qui nous portait sur les îles Sandwich. Effectivement, nous ne tardâmes pas à découvrir ce groupe d'îles parmi lesquelles nous reconnûmes l'île d'Owihée, où l'immortel Cook périt traîtreusement de la main d'un sauvage. Continuant à examiner la mer des Indes à l'aide d'une longue vue, nous aperçumes à une heure de là une petite île de sable, ou pour mieux dire un banc de sable d'une assez grande étendue sur lequel nous vîmes marcher comme d'énormes crabes; notre curiosité fut piquée bien qu'élevés à cinq mille mètres environ au-dessus de la mer, nous décidâmes d'un commun accord que nous des-

cendrions sur cet îlot afin de reconnaître
ce que pouvaient être ces énormes crus-
tacés. Nous serrâmes les cables, prîmes
du lest et en peu de temps nous descendîmes. La descente fut d'autant plus
verticale que nous nous aperçûmes que
peu après avoir quitté l'élévation où nous
étions d'abord, nous nous trouvions dans
un courant d'air beaucoup moins rapide
et suivant une marche différente. Nous
fîmes marcher les nageoires de notre
aérostat et ne tardâmes pas à être sur la
perpendiculaire de l'îlot. Dix minutes
après nous jettions le cable à nœud et
Roussi était sur le sable. Il tira à lui
notre bâtiment; nous descendîmes tous
quatre après avoir jeté l'ancre que notre
fidèle Roussi avait fortement fixée au
sol. Cette manœuvre ne put être faite
tout à fait sans bruit, aussi les prétendus
crabes que nous avions aperçus et que
nous avions reconnues être de belles
tortues marines, s'enfuirent le plus vite
qu'elles purent vers le rivage. Déjà presque toutes avaient plongé dans la mer ;

mais heureusement deux d'entre elles, qui s'étaient aventurées un peu trop au loin, n'eurent pas le temps de regagner la rive et les ayant rejointes, nous les tournâmes sur le dos, ce qui les mit hors d'état d'effectuer leur retraite. Ces deux tortues, qui étaient les plus lestes de la troupe et probablement aussi les plus jeunes, pesaient, l'une 25 kil., et l'autre 50 kilog. Nous fîmes le tour de l'ilot qui avait 2,500 mèt. environ de circonférence et d'une forme elliptique assez régulière ; nous n'y trouvâmes que des nids d'oiseaux de mer qui nous parurent être des goëlans. Nous en prîmes cinq ou six paires qui commençaient à avoir assez de force pour voler, et regagnâmes notre aérostat. Roussi grimpa comme un écureil au cable à nœuds, nous envoya des cordes et une cage à poule ; nous liâmes fortement nos tortues, mîmes nos oiseaux dans la cage et montâmes ensuite dans notre demeure aérienne en tenant les bouts de nos cordes que nous avions laissées assez longues pour n'être point

8

obligés d'attirer à nous, en grimpant, ce que nous avions laissé à terre.

Jusqu'à présent, avec notre machine à frottement, nons n'avions eu que des aliments cuits dans l'eau; mais nous cherchâmes le moyen d'obtenir, avec, des cuissons à sec, c'est-à-dire sans addition de liquide; pour y parvenir, nous construisîmes une petite chambre en fer blanc dans laquelle une espèce de broche s'adaptait sans perforation de la boîte; nous fîmes une ouverture au vase étamé servant de récipient au liquide mis en ébulition par le frottement et soudâmes notre boîte à cette ouverture, de manière qu'elle portait tout à l'intérieur du vase. Une porte hermétiquement fermée recouvrait l'ouverture. En sorte que ce nouveau récipient était en contact avec l'eau chauffée et son intérieur en recevait une somme de calorique assez forte pour cuire toutes les viandes possibles. Nous en fîmes l'essai avec un morceau de tortue qui fut trouvé cuit à point et succulent.

Les deux tortues que nous avions prises étaient, comme on s'en doute bien,
des tortues de mer ; celles-ci diffèrent
des autres en ce qu'elles ont les pieds
applatis en forme de nageoires écailleuses; leurs doigts sont inégaux, alongés
et réunis entr'eux, ayant des ongles sur
les bords extérieurs et terminés par des
lames écailleuses et applaties. On compte
six espèces de tortues marines : la franche,
la ridée, la caret, la cépédienne, la couane
et la tortue luth. Celles que nous avions
prises étaient de la première espèce, qui
est aussi la plus forte. La chair de cet
animal est un très-bon manger et com-
parable à d'excellent mouton, quoique
ayant un léger goût musqué ; sa graisse
est verte; fondue elle fait une huile excel-
lente pour les usages culinaires et pour
l'éclairage. On fait d'excellents potages
avec la chair de tortue et cette nourriture
guérit les marins du scorbut et de diverses maladies graves et contagieuses. Il
est probable que la couleur de sa graisse,
qui répugne d'abord, provient de la nour-

riture qu'elle prend et qui se compose presque exclusivement d'herbes marines. Il y en a qui pèsent, dit-on, jusqu'à 450 kilog. Leur carapace sert quelquefois de nacelle aux habitants des îles de la mer des Indes.

On sait que l'écaille employée pour la tabletterie vient de cet animal; leur carapace est en os et recouverte de plaques minces qui est l'écaille proprement dite. Cette écaille est à nu sur les tortues de terre, sur celles de mer elle est recouverte d'une membrane qu'il faut enlever pour reconnaître ses diverses nuances.

Nous fîmes rôtir aussi un de nos goëlands; mais il ne fut pas trouvé d'une saveur agréable, il avait un goût prononcé d'huile de poisson, ce qui ne nous surprit point, attendu que ces oiseaux ne se nourrissent que de poissons et gorgent leurs petits avec des débris huileux.

Ayant repris la hauteur que nous avions quittée, nous ne tardâmes pas à retrouver notre courant d'air qui nous portait sur l'Amérique du nord.

Nos thermomètres centigrades marquaient douze degrés. Nous étions tous
en parfaite santé et d'une humeur enjouée;
notre prison n'influait en rien sur notre
moral; au contraire, il semblait que la
gaîté était attachée à notre élévation.
Sur terre, au contraire, une position
élevée met presque toujours du sombre
dans l'esprit.

Quoique notre goëland ne se fut pas
trouvé être un mêt délicat, nous conservâmes ses frères que nous nourrimes
avec des graines farineuses, au lieu de
chair de poisson à laquelle ils étaient
habitués. Le premier jour ils firent diète;
mais bientôt ils s'accoutumèrent si bien
à cette nouvelle nourriture qu'ils la pré-
férèrent à de la chair de tortue. Quelques jours après nous en fimes rôtir un
second et nous trouvâmes que celui-ci
avait le goût du pigeon ramier et ne sentait plus du tout l'huile de poisson.

Chapitre X.

—

*Traversée du continent Américain. —
Arrêt à Philadelphie. — Rencontre
que nous y fesons.*

—

Nous étions au septième jour de notre
départ de Batavia. Le timonier de quart
cria : terre ! à quatre heures du matin.
Nous reconnûmes que nous étions au-
dessus de la vieille Californie. Rien ne
uous attirant là, nous continuâmes notre
route. Le soir, nous planions sur le

Texas. Le lendemain nous vîmes le pays
des osages et le dixième jour de notre
voyage, nous nous trouvions sur la Pen-
sylvanie. Nos regards furent attirés par
l'étendue d'une grande cité que nous reconnûmes bientôt pour être Philadelphie,
la capitale de cette contrée.

Nous tînmes conseil pour savoir si
nous passerions outre et nous nous décidâmes à faire un temps d'arrêt dans
cette ville célèbre. En conséquence, nous
serrâmes les cables des aérostats, prîmes
du lest et notre machine ne tarda pas à
descendre. Nous trouvant au-dessus
d'une grande promenade vers deux heures de l'après-midi, nous déroulâmes au
dehors le cable à nœuds et son extrémité
traînant à terre; Roussi descendit avec
sa dextérité habituelle. Nous lui envoyâ-
mes l'ancre avec son attache et il amarra
notre navire à une des beaux arbres de
la promenade. Nous descendîmes alors
tous quatre. Une affluence de monde
extraordinaire ne tarda pas à nous en-
tourer. Nous laissâmes notre nègre

gardien de notre navire, tandis que nous
allâmes à la maison du commodore lui
demander une garde spéciale pour notre
aérostat.

M. Leperche, qui parle l'anglais comme
sa langue natale, ne fut point embarrassé
pour découvrir la demeure que nous
cherchions. Philadelphie nous parut une
des plus belles villes du monde. Sa population doit être de plus de cent mille
âmes, si nous en jugeons par le mouve-
ment qui existe dans les rues; celles-ci
sont larges et presque toutes bordées
d'arbres; il y a de nombreux trottoirs
spacieux et commodes. l'eau qui alimente
la ville est fournie par des pompes pu-
bliques et privées répandues avec une
abondance qui n'a pas de pareille, même
dans les villes les plus favorisées à cet
égard. Presque toutes les maisons sont
bâties en briques, bien alignées et bien
tenues. On regrette de trouver au milieu
de quartiers populeux des cimetières qui
doivent être une grande cause d'insalubrité, pendant l'été surtout : la chaleur

étant excessive durant trois mois, au
moins; l'hiver y étant rigoureux y conserve les corps, qui doivent tomber en
putréfaction aux premières chaleurs.
Nous n'y avons guères vu de places pu-
bliques, ni de monuments remarquables,
hors la maison de l'Etat.

Le Commodore nous reçut très bien,
quoique avec une politesse froide; il ac-
cueillit parfaitement notre demande et
donna l'ordre aussitôt à quatre policemen
de se tenir de garde près de l'arbre où
était attaché notre aérostat. Des questions
nombreuses nous furent adressées par ce
haut dignitaire qui parut enchanté de
notre récit; il nous convia pour le soir à
un *rout* qu'il voulait donner à notre in-
tention. Nous le remerciâmes de sa cour-
toisie et acceptâmes son invitation pour
dix heures.

Il était midi environ ; nous demandâmes la permission de nous retirer; ce
qui nous fut gracieusement accordé.
Nous en profitâmes pour visiter la ville
que n'avions vue qu'imparfaitement.

8

Les marchés nous étonnèrent par leur
bonne tenue et la quantité de denrées ali-
mentaires qui y abondent. Le poisson
nous parût seul y faire défaut. Ce qui
tient à l'éloignement de la mer. On en
fait venir de New-York; mais sous peu
un chemin de fer en voie d'achèvement
reliera Philadelphie au grand Océan.

Notre arrivée excita une émotion extraordinaire. Nous rencontrâmes de nombreux groupes qui venaient à notre rencontre et nous suivaient en parlant de
nous avec enthousiasme. Nous avions
l'air de triomphateurs escortés par une
immense foule. Nous dûmes, même,
nous soustraire à des ovations qui dépassaient nos goûts modestes, ce qui nous
obligea à entrer dans un restaurant pour
être à l'abri de ces manifestations un peu
trop bruyantes. Etant monté au premier
étage, nous pûmes respirer plus libre-
ment et nous nous fîmes servir un repas
dont nous commencions à sentir le
besoin.

Nous n'avions point encore commencé

d'entamer le dessert, que le garçon nous
demanda si nous voulions recevoir plusieurs députations très jalouses de nous
parler. Nous désirions n'être point im-
portunés et nous l'avions formellement
fait savoir au patron de l'établissement;
nous fûmes donc surpris de cette demande du garçon à qui nous en fîmes
l'observation; mais celui-ci nous pria de
l'excuser en nous déclarant qu'il avait
reçu une somme assez majeure pour faire
cette démarche près de nous. Il n'y avait
guère moyen de se fâcher après un aveu
aussi franc. Nous lui permîmes donc de
faire monter une seule des députations
dont il nous avait parlé, qui devait être
la première arrivée, et de renvoyer les
autres.

Nous ne tardâmes pas à voir venir
vers nous quatre gentlemen parfaitement
mis qui, nous abordant avec politesse
et sans détours aucuns, nous offrirent
une somme de quatre mille livres sterling
si nous voulions leur donner la permission
d'exhiber au public notre machine aéros-

tatique pendant l'espace de huit jours au plus , nous offrant en outre de verser, comme cautionnement, à la banque , une autre somme de dix mille livres sterling pour garantie des dégâts.

Nous remerciâmes ces MM. de leurs offres en leur disant que des affaires importantes nous attiraient en France et que nous désirions n'éprouver aucun retard. Le véritable motif de notre refus était que nous ne voulions pas livrer notre système de navire aérien à une puissance étrangère, voulant le garder pour notre patrie.

Nous eûmes beaucoup de mal à nous débarrasser de nos spéculateurs ; nous apprimes que les autres visiteurs étaient venus pour un motif analogue avec des offres bien supérieures encore.

Après avoir fait la sieste, nous regagnâmes, à la nuit, notre domicile aérien où nous trouvâmes le fidèle Roussi s'ennuyant de notre absence. L'heure étant venue, nous fîmes toilette et descendîmes pour nous rendre à l'invitation du Commodore. Quoiqu'il fut déjà tard, la foule qui stationnait aux abords de notre échelle de corde était extrêmement compacte et nombreuse. C'est à grand'peine que nous pûmes nous faire un passage.

Nous nous fîmes indiquer un loueur de voiture et prîmes un élégant coupé qui nous mena prestement à la demeure du Commodore où déjà nous étions attendus par une réunion nombreuse et choisie.

On savait que nous étions français et les nationaux, qui sont assez nombreux, vinrent tous nous complimenter. Notre surprise fut grande de trouver parmi ces compatriotes deux amis. Ce fut d'abord M. le marquis de Saqui, originaire d'Apt, lequel était venu aux États-Unis recueillir la succession d'un de ses oncles, ancien émigré de France, qui s'était fixé aux environs de Philadelphie et qui y était mort il y avait peu de temps. M. de Saqui serra dans ses bras M. Seymard, et notre petit groupe, qui jusque là, n'était composé que de quatre personnages, le fut de cinq, puis peu a près de six. M. d'Argencé, originaire de Brétagne, avec qui je m'étais lié d'une étroite amitié dans un long séjour que j'avais fait à Blois où il demeurait alors, se jetta à mon cou dès qu'il m'eut aperçu. On se doute bien que nos deux amis trouvés là d'une manière si inattendue furent aussi enchantés que nous de la rencontre. Le motif qui les avaient attirés à Philadelphie n'existant plus, ils nous demandèrent, comme une marque d'amitié, de nous accompagner dans notre retour en France.

Des personnages de distinction dans le commerce et dans l'industrie nous firent des offres extrêmement avantageuses pour avoir notre procédé de navigation aérienne, nous promettant, en outre de faire partie d'une société au capital de plusieurs millious, sans que nous ayons aucun apport de fonds à faire. Nous tinmes bon et fûmes inflexibles, ce dont l'Ambassadeur de France nous remercia et nous complimenta en termes des plus flatteurs.

Chapitre XI.

—

Envoi de messagers aériens à Batavia.
— Promenade à une maison de cam-
pagne aux environs de Philadelphie.
— Départ pour la France.

—

La première chose qui nous occupa
le lendemain matin, fut d'envoyer de nos
nouvelles à notre cher Nabab. Nous prîmes trois des douze pigeons que nous
avions emportés de Batavia et nous atta-
châmes au cou de chacun d'eux un petit
billet portant ces quelques mots : « Nous

« sommes arrivés à Philadelphie tous en
« bonne santé, sans avoir éprouvé le plus
« petit accident dans notre trajet. Nous
« continuerons demain notre voyage et
« comptons être rendus en France sous
« quelques jours. Envoyez-nous de vos
« nouvelles à Marseille par la plus pro-
« chaine occasion. »

Ces trois pigeons furent lâchés à 8 h.
du matin le 25 Mai, à l'endroit où notre
aérostat était amarré. Ces oiseaux s'éle-
vèrent d'abord perpendiculairement à une
assez grande hauteur, décrivirent ensuite quelques cercles et partirent bientôt
à tire d'ailes. Deux se dirigèrent vers
l'Asie et le troisième sur l'Europe. Cette
dernière direction nous intrigua beaucoup et fut cause que nous donnâmes la
volée à trois autres de leurs camarades,
porteurs, comme les premiers, d'un petit
billet pour le Nabab, et auquel nous ajou-
tâmes l'avis de la direction pour l'Europe
de l'un des volatiles précités.

On verra à la fin de cette narration la
cause de cette apparente anomalie.

MM. de Saqui et d'Argencé vinrent
nous trouver et nous les engageâmes à
déjeûner à bord de notre bâtiment; il
n'était qu'à une vingtaine de mètres au
dessus du sol; cette petite élévation à
franchir en ligne perpendiculaire et à
l'aide d'une échelle de cordes, leur sou-
riait peu ; cependant, comme il y avait
beaucoup de curieux là, nos chers amis
ne voulurent pas que les Américains pus-
sent penser que l'âme d'un Français put
être accessible à la moindre crainte. Ils
acceptèrent donc notre offre et grim-
pèrent au navire avec résolution. Nous
ne tardâmes pas à les suivre. Notre fidèle
Roussi était à bord et aida avec sa dextérité habituelle à faciliter l'abordage à nos
amis.

La manœuvre la plus émouvante, pour
un débutant dans la navigation aérienne,
est, sans contredit, le moment où il fran-
chit la galerie en quittant l'échelle de
corde, quand le navire est à une certaine
hauteur.

Après le déjeûner qui fut fort gai et

9

où la chair de tortue fut largement fêtée,
notre ami et compatriote, M. de Saqui,
nous engagea à aller avec lui, avant notre
départ, à une maison de campagne que
son oncle lui avait laissée. Cette habitation, située à huit lieues de Philadelphie,
n'avait pas été visitée depuis plus de
quinze ans par le propriétaire défunt :
un fermier fesait valoir les terres; mais
il avait l'ordre de ne jamais mettre les
pieds dans l'habitation du maître; en sorte
que M. de Saqui craignait, avec raison,
que cette maison de campagne n'eût besoin de fortes réparations. Nous acceptâmes son offre et ne tardâmes pas à nous
y faire conduire tous. Il était midi quand
nous arrivâmes; c'est-à-dire que le trajet
dura environ deux heures et demie. Les
jardins, la ferme, les terres étaient très
bien tenus; mais un singulier spectacle
nous frappa, lorsque nous nous dirigeâmes vers la maison de maître, bâtiment,
du reste, fort beau et d'une construction
solide et agréable; des branches, des arbres même très forts s'étaient fait jour

de dedans au dehors à travers les fenêtres du salon, qui n'avaient eu que des persiennes pour fermetures.

En entrant dans cette pièce, nous la trouvâmes envahie par une quantité innombrable d'arbres et d'arbustes de toutes espèces. C'était une véritable forêt vierge. Les oiseaux y pullulaient; chaque arbre portait plusieurs nids. Le parquet décomposé était tombé en détritus; des conduits d'eau avaient crevé sous ce parquet et formaient comme des sources naturelles qui aidaient puissamment à la végétation. Les racines des arbres du jardin voisin avaient fait irruption les premières et donné naissance à des marronniers d'Inde; ensuite c'étaient des noyers de Virginie, des catalpas, des vernis de la Chine, des magnolias, des poivriers, etc., etc.; quoique le plafond fut à quatre mètres soixante du sol, plusieurs arbres l'avaient soulevé et le premier étage était envahi par cette végétation d'autant plus luxuriante, que l'exposition permettait au soleil de darder ses rayons dans

cette pièce pendant une grande partie de
la journée.

Cette vue nous désopila singulière-
ment, on le pense bien; M. de Saqui fut
le premier à en rire et pour la rareté du
fait il laissa les choses dans l'état où elles
étaient. Il permit même à son fermier
d'en tirer parti; c'est-à-dire de prendre
une certaine rétribution à son profit pour
permettre l'exhibition de cette curieuse
végétation. Nous sûmes depuis qu'il a-
vait profité de la permission et qu'ayant
fait insérer un avis dans les journaux de
Philadelphie, il exigeait un schelling par
personne qui venait voir cette singula-
rité, et qu'il avait chaque dimanche une
foule de visiteurs; ce qui lui procurait de
très jolis bénéfices.

Nous quittâmes à regret cette charmante propriété et regagnâmes notre aire.
Nos deux amis firent leurs préparatifs;
nous prîmes congé des autorités de la
ville, rétribuâmes nos gardiens avec lar-
gesse et appareillâmes le 26 Mai, à dix
heures du matin, par un temps magnifi-

que, à la vue d'une foule immense vive-
ment impressionnée par ce spectacle
nouveau pour elle.

M. le Commodore nous fit la galanterie
de saluer notre départ par treize coups
de canon. Nous répondîmes à cette politesse par quinze coups de notre coule-
vrine. Toute la ville, qui était loin de s'attendre à voir tirer le canon au dessus
d'elle, fut émerveillée; l'exaltation de la
foule était à son comble; d'immenses
hourras accueillaient chacune de nos détonations; des banderolles, des drapeaux
furent arborés par grand nombre d'habitants. On eut dit, à voir Philadelphie dans
ce moment là, que l'Union célébrait la
nouvelle d'une victoire éclatante. Enfin
l'ancre levée, nous partîmes comme un
trait à l'aide d'un bon vent poussant sur
l'Europe, ce qui fut cause que notre élévation se fit obliquement. En quelques
minutes nous atteignîmes quatre mille
mètres de hauteur et nous ne tardâmes
pas à découvrir le Grand-Océan.

Chapitre XII.

—

Nous planons sur un orage très fort.—
Incident de route. — Notre arrivée en
France. — La Douane veut nous faire
un procès. — le Directeur-général
consulté s'y oppose.

—

Il y avait dix heures que nous voguions
en fesant près de cent kilomètres à l'heure,
quand nous nous aperçûmes que de
nombreux nuages nous environnaient.
Nous lâchâmes du cable à nos aérostats
et bientôt nous fûmes à deux kilomètres

au-dessus des nuages dont nous venons de parler et qui étaient d'un compacité à les prendre pour des corps solides. Bientôt nous entendîmes des détonations d'une force extrême et des éclairs sillonner ces nues en tous sens. Quelques uns même projetèrent leurs lances de feu jusqu'à la hauteur où nous nous trouvions, ce qui nous engagea à monter encore. Nous atteignîmes alors dix kilomètres d'élévation au dessus du niveau de la mer, élévation à laquelle aucun mortel n'avait encore été porté. Cette précaution nous fut sans doute fort utile, car les éclairs sortaient des nues avec une impétuosité et une abondance extraordinaires; ils s'élevaient aussi à une très grande hauteur; mais nous n'en aperçumes point à notre niveau. De notre vie nous n'avions vu un spectacle aussi sublime. Nous pouvions nous comparer au Jupiter tonnant des anciens.

La rapidité de notre marche ne nous permit pas de jouir longtemps de cette magnifique horreur. Le vent s'appaisa et nous nous trouvâmes alors dans une zône presque calme. Nous dûmes chercher un courant qui aidât à notre marche. Les cabestans furent mis en jeu. M. de Saqui nous fit observer que pour faire marcher ces machines nous étions obligés d'être quatre, tandis qu'à l'aide d'un appareil fort simple de son invention, un seul homme suffisait.

L'amélioration était des plus simples, elle consistait à remplacer les quatre bras formant levier, par un seul beaucoup plus long, à y attacher une corde assez forte et à mettre un cliquet à l'un des bouts de l'arbre tournant. Nous opérâmes ce changement dans la journée; nous ne tardâmes pas à reconnaître qu'un enfant pouvait ainsi remplacer quatre hommes.

Ayant trouvé la zône d'air qu'il nous fallait, nous avançâmes rapidement sur l'Espagne. Le soleil n'était plus à l'horizon, lorsque nous passâmes sur une partie de ce royaume et à la pointe du jour, nous aperçûmes les Pyrénées.

Au moyen de nos nageoires et de notre

gouvernail, nous nous dirigeâmes sur
Marseille. Il était avant dans la nuit
quand nous découvrîmes les Phares du
port de cette superbe cité, éminemment
commerçante. Nous serrâmes les cables
des aérostats, prîmes du lest, et à l'aube
du 30 Mai, nous descendîmes sur Saint-
Martin-de-Castillon, où M. de Saqui a
une propriété. Nous avions fait ainsi plus
de sept mille lieues en moins de quinze
jours. Notre arrivée se fit sans bruit et
sans encombre. Cependant il paraît que
nous avions été signalés à la Douane de
Marseille. On a toujours des amis partout; car le lendemain deux employés de
cette administration vinrent pour nous
déclarer procès-verbal pour cause d'in-
fraction aux lois fiscales; mais comme
nous avions déjà démonté notre navire,
ces MM. ne trouvèrent que des débris et
furent fort embarrassés pour rédiger
leur acte; ils se retirèrent avec politesse,
en nous disant qu'ils voulaient en référer
à leur Directeur. Ce fonctionnaire ne voulant pas prendre sur lui de faire dresser

un procès-verbal ou de nous absoudre, en écrivit à M. le Directeur-général, à Paris, qui, en homme d'esprit, répondit que la loi n'ayant pas prévu le cas d'introduction de navire aérien venant de l'étranger, il n'y avait pas lieu à verbaliser.

L'Académie de Montpellier fit faire des démarches près de nous pour obtenir notre machine aérostatique; mais comme d'un instant à l'autre nous pouvons entreprendre, avec, un voyage sur Paris, nous avons refusé à regret, en remerciant ce corps savant de l'honneur qu'il voulait bien nous faire.

Chacun de nous regagna, au bout de quelques jours, son domicile et reprit ses affaires et ses habitudes ordinaires.

Quant à notre fidèle Roussi, nous lui proposâmes de servir l'un de nous; il aurait accepté l'offre si nous l'eussions absolument voulu; mais nous vîmes qu'il préférait la liberté à la plus douce des servitudes; nous lui fîmes, alors, un petit pécule et il alla s'établir professeur de gymnastique à Marseille.

———

Ce récit ayant été écrit quelques mois après notre retour en France, nous avons reçu par la malle des Indes et par la voie de l'Angleterre, des nouvelles de notre Nabab de Batavia. — Il nous annonçait que sa santé était parfaite; que sa main gauche fonctionnait toujours à merveille, mais qu'il avait soin de la tenir constamment recouverte d'un gant, afin de ne pas user son épiderme de caoutchouc, n'en ayant pas de rechange, et craignant qu'une fois percée le magnétisme ne s'en allât. Il nous donnait aussi l'explication du départ de notre courrier ailé en opposition directe avec les autres. Cela venait, disait-il, de ce que ce pigeon, d'une race très recherchée des amateurs, lui avait été envoyé de la Hollande, deux ans avant notre départ de Batavia, et que cet oiseau déjà adulte, alors, s'en était retourné aux lieux de son enfance.

FIN.

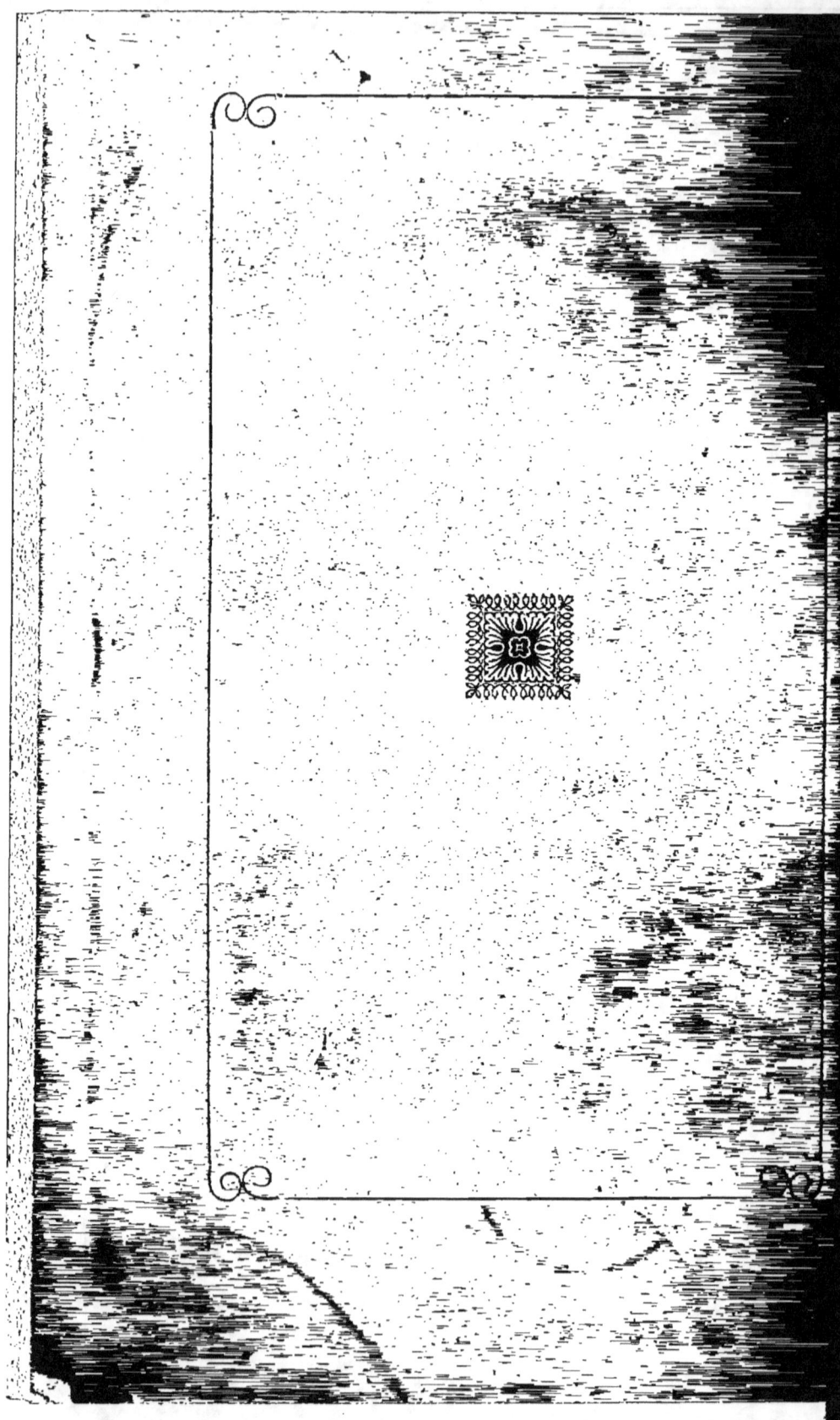